Finny Ludwig

Freunde
Küsse
Liebeszauber

Sweet Kiss
- 2

AF235651

Buch

Onlinedating? Ausgerechnet sie: Leni Lindner? Was hat sich ihre Freundin Ellen nur dabei gedacht, sie hinter ihrem Rücken bei einem Datingportal anzumelden? Das kann doch niemals gut gehen! Oder doch? Lenis Neugierde ist geweckt und sie wagt den Schritt in die Welt der Internet-Bekanntschaften. Tatsächlich gibt es einen Mann, der aus der Masse heraussticht. Oliver könnte es durchaus wert sein, ihn näher kennenzulernen.

Doch weshalb reagiert ihr bester Freund David so abweisend auf Oliver? Warum küsst sie David aus einer Feierlaune heraus? Und weshalb erwischt sie dieser Kuss so eiskalt, dass plötzlich nichts mehr ist, wie es war? Sie hat doch nicht jahrelang ihre Gefühle für ihn unterdrückt, um nun wegen dieser Dummheit ihren besten Freund zu verlieren.

Was macht Leni da nur? Sie vergnügt sich lieber mit so einem Großstadt-Blödmann, den sie im Internet kennengelernt hat, als mit ihm – David Hofer – ihrem besten Freund? An dem Kerl muss doch irgendetwas faul sein? Doch egal, wie sehr sich David bemüht, er findet kein Haar in der Suppe. Oliver scheint der perfekte Mann zu sein für Leni. Und als ob das noch nicht schlimm genug wäre, lässt er sich in einem Moment geistiger Umnachtung dazu hinreißen, ausgerechnet Leni zu küssen, wo er seine ganze Aufmerksamkeit doch Gitta schenken sollte.

Mit diesem Kuss hat er ihre einzigartige Freundschaft aufs Spiel gesetzt. Würde er seine engste Vertraute und Seelenverwandte damit für immer verlieren? Das darf nicht passieren. Er muss es wieder geradebiegen und endlich aufhören zu hinterfragen, warum sich ein Fehler so gut anfühlen kann.

Finny Ludwig

Freunde

Küsse

Liebeszauber

Sweet Kiss

– 2 –

Liebesroman

Impressum

Bibliografische Information der Deutschen Nationalbibliothek:
Die Deutsche Nationalbibliothek verzeichnet diese Publikation
in der Deutschen Nationalbibliografie; detaillierte bibliografische Daten sind im Internet über http://dnb.dnb.de abrufbar.

Lektorat: Dorothea Kenneweg | lektorat-fuer-autoren.de
Korrektorat: SKS Heinen | sks-heinen.de
Cover-/Umschlaggestaltung: Buchgewand Coverdesign |
www.buch-gewand.de
Verwendete Grafiken: Shutterstock.com (Moriz)
Despositphotos.com (diplikaya.gmail.com, pingebat, Na-
dezda_Grapes, cajoer, Ashva)

Herstellung und Verlag: BoD – Books on Demand,
Norderstedt
ISBN: 978-3-7526-0550-1

- Es gab noch so viel zu erzählen ... –

Finny & Ludwig

PROLOG

Ein Sonnenstrahl hatte sich durch die graue Wolkendecke gekämpft und schien durch das Fenster, direkt in Lenis Küche. Seit Tagen spielte das Wetter verrückt. Es war Anfang Juni und brütende Hitze wechselte sich beinahe täglich mit heftigen Gewittern ab. An diesem Wochenende hatte sich der Wettergott allem Anschein nach für Dauerregen entschieden, weshalb Leni sich dem kühlen und trostlosen Wetter entsprechend dazu entschlossen hatte, einen wärmenden Bohneneintopf zu kochen.

Während sie andächtig im Kochtopf rührte, beobachtete sie ihre Freundin Ellen, die aufgeregt in der Küche auf und ab marschierte und über ihren Bruder schimpfte.

»David mutiert langsam zum dressierten Schoßhündchen.«

»Sei doch froh«, erwiderte Leni und deutete auf den Topf. »So bleibt uns beiden mehr.« Sie hatte es aufgegeben, sich Gedanken über Davids Unzuverlässigkeit zu machen. Seitdem ihr bester Freund und Gitta ein Paar waren, hatte sie sich an derartigen Kummer gewöhnt. Es war zu einem ungeschriebenen Gesetz geworden, dass sie und David sich immer sonntags trafen, um eine gemeinsame Auszeit miteinander zu verbringen. Doch wochenlang hoffte sie nun schon vergebens darauf, ihn zu sehen. Sie vermisste ihn, was sie seiner Schwester gegenüber jedoch nie eingestehen würde.

»Seit wie vielen Jahren trefft ihr euch immer sonntags?« Ellen wartete Lenis Antwort erst gar nicht ab. »Egal. Kaum taucht dieses Frauenzimmer auf, vergisst er plötzlich alles um sich herum. Ich an deiner Stelle …«

»Ellen.« Leni konnte es nicht ertragen, dass ihre Freundin so hart mit David ins Gericht ging. »Auch wenn du Gitta nicht magst, musst du akzeptieren, dass sie mit deinem Bruder zusammen ist. Er ist verliebt und wir sollten es ihm gönnen.«

»Ich gönne ihm sein Glück von ganzem Herzen. Aber Gitta ist einfach nicht die Richtige für ihn.« Ellen setzte sich auf die Arbeitsplatte und starrte in den Kochtopf, der bis zur Hälfte mit Chili con Carne gefüllt war.

»Gib ihr eine Chance. Vielleicht ist sie ja netter, als du denkst.« Leni redete ihrer Freundin zwar ins Gewissen, sie selbst dachte allerdings mit Grauen an ihr letztes Aufeinandertreffen mit Gitta zurück. Davids neue Liebe hatte ihr mehr oder weniger eine Kampfansage gemacht. Daran, dass Gitta sie nicht in Davids Nähe wissen wollte und alles dafür tun würde, um ihre Treffen zu unterbinden, ließ das aufgetakelte Modepüppchen jedenfalls keine Zweifel.

»Dein Chili duftet übrigens köstlich. David weiß gar nicht, was er verpasst.« Ellen seufzte.

»Doch, das weiß er.« Leni schmunzelte. »Ich habe ihm vorhin ein Bild gesendet.«

»Gut so! Strafe muss sein.«

Sie wussten beide, wie sehr David Lenis Bohneneintopf liebte, weshalb sie in ein schadenfrohes Gelächter einstimmten.

Leni nahm den Topf vom Herd und stellte ihn auf dem Tisch ab. Es war bereits eingedeckt, so konnten die Freundinnen es sich einfach gemütlich machen und mit dem Essen beginnen. Sie genossen die Zeit miteinander und verbrachten einen redseligen Abend, wobei sie sich – ganz klischeehaft – über die neuesten Geschichten aus dem Dorf austauschten. Ein Punkt durfte zu guter Letzt natürlich nicht fehlen. Als die Sprache auf das Thema Männer kam, wurde Ellen sichtlich nervös.

»Leni, ich muss dir noch etwas gestehen«, begann Ellen, kleinlaut zu beichten.

Ihre Freundin wirkte so befangen, dass Leni vermutete, Ellen hätte ihr einen jahrelangen, heimlichen Liebhaber verschwiegen. »Sag jetzt aber nicht, dass du schon seit Jahren verheiratet bist und deine drei Kinder vor mir versteckst.«

»Nein. Schlimmer.«

»Schlimmer?«

Es war ein leises Flüstern, als Ellen ihr gestand: »Ich habe dich bei einem Datingportal angemeldet.«

Fassungslos sah Leni sie an. »Du hast was?« Ihre Stimme hatte einen ungewöhnlich schrillen Klang angenommen.

»Bitte sei mir nicht böse. Ich wollte dir nur helfen«, erklärte sich Ellen.

»Wobei?«

»Na, einen Mann kennenzulernen. Du willst doch Weihnachten in diesem Jahr nicht wieder allein verbringen, oder?«

»Ellen, ich bin Immobilienmaklerin. Ich lerne ständig Menschen kennen. Einschließlich Männer. Außerdem sind es noch ein paar Tage bis Weihnachten.«

»Dann eben, um den richtigen Mann kennenzulernen.« Ellen zog ein kleines Stück Papier aus der Tasche ihrer Jeans.

»Das hier sind deine Anmeldedaten. Es haben sich ungefähr zwanzig Männer gemeldet. Aber ich habe natürlich keine der Nachrichten gelesen. Ich schwöre.«

Einen kurzen Moment herrschte Totenstille im Raum.

»Bitte hass mich jetzt nicht.«

Leni schob die Haare ihres dunkelbraunen Bobs hinters Ohr und blickte auf den Zettel, der vor ihr lag. »Ich hasse dich doch nicht. Ich möchte im Moment nur überhaupt keinen Partner. Ich habe bei der Arbeit so viel um die Ohren, wie soll ich mich da noch um eine Beziehung kümmern? Aber warum ich? Du bist doch selbst Single.«

»Noch nicht sehr lange, wie du weißt.« Damit spielte Ellen auf ihre kurze und gescheiterte Beziehung mit Philip an, die erst wenige Wochen zuvor in die Brüche gegangen war. »Ich bin einfach noch nicht bereit für etwas Neues. Aber du bist schon so lange allein. Es war nicht böse gemeint. Wenn du möchtest, kannst du den Zugang auch einfach wieder löschen. Aber vielleicht schaust du es dir zuvor doch noch an?«

Zwei Stunden später verabschiedete Leni ihre Freundin und machte es sich mit einem Glas Rotwein auf ihrer Couch bequem. Ihr Blick fiel verdächtig oft auf das Stück Papier auf dem Esszimmertisch, bis schließlich ihre Neugier siegte.

Sie setzte sich an den Tisch und öffnete ihr Notebook. Wenige Augenblicke später befand sie sich in der Welt des Onlinedatings.

Zuerst begutachtete sie das Profil, das Ellen für sie erstellt hatte. Nun ja, ein paar Übertreibungen hatte Ellen eingebaut, doch alles in allem hatte ihre Freundin sie gekonnt und wahrheitsgemäß beschrieben. Aber was hatte sie sich nur bei ihrem Namen »LoveSunday« gedacht? Und wo hatte sie überhaupt dieses Profilbild her? Das Foto musste schon beinahe acht Jahre alt sein. Es stammte aus einer Zeit, als sie mindestens noch sechs Kilo weniger wog und in einer glücklichen Beziehung mit Thorsten lebte. Wenigstens schmeichelte ihr das Bild.

Zögernd klickte sie auf eine der Nachrichten.

»MakeUhappy«: »*Hey, was geht ab? Du siehst echt sexy aus. Lust, etwas mit mir zu unternehmen?*«

Das fing ja schon gut an. Dieser Kandidat durfte definitiv eine andere *happy* machen.

Die nächste Nachricht in ihrer Liste war von »BigBoy18«. Ohne sie zu lesen, löschte sie Leni und verzog angewidert das Gesicht. Allein das gewählte Pseudonym ließ schlussfolgern, dass es sich bei der Zahl nicht um das Alter von »Big-Boy18« handelte.

Sie überflog rasch die Namen der Absender, die sich in ihrem Posteingang befanden, und schüttelte den Kopf.

»Whateveruwant«. »NeedU4me«. »GreatLover«.

Nur zu gerne hätte Leni Ellen die Ausbeute ihrer Kuppelaktion unter die Nase gerieben. Keiner der Kerle machte einen Hehl aus seinen wahren Absichten. An einer ernsthaften Beziehung schien keinem von ihnen gelegen.

Gerade, als sie ihren Zugang löschen wollte, erschien eine neue Nachricht in ihrem Posteingang.

Oliver: »*Weshalb liebst du Sonntage?*«

Leni sah auf den Bildschirm. Einfacher Name. Einfache Frage. Sollte sie dem Fremden antworten? Was hätte sie schon zu verlieren?

Oliver: »*Also ich finde Mittwoch gut.*«

LoveSunday: »*Mittwoch? Weshalb ausgerechnet Mittwoch?*«

Oliver: »*Ganz einfach. Der erste Teil der Arbeitswoche liegt hinter dir und das bevorstehende Wochenende ist in greifbarer Nähe.«*

LoveSunday: *»Verstehe.«*

Oliver: *»Verrate mir dein Geheimnis. Weshalb ist es bei dir ausgerechnet der Sonntag?«*

LoveSunday: *»Weil man am Sonntag alles machen kann, was man möchte.«*

Oliver: *»Einkaufen? Botengänge? …«*

LoveSunday: *»Nein. Ausschlafen. Früh aufstehen. Ausgehen. Zu Hause bleiben. Unternehmungen. Faulenzen. Oder die Zeit mit Freunden verbringen.«*

Oliver: *»Ich bin gerade erst aus Hamburg hierhergezogen und vermisse meine Freunde. Vielleicht muss ich das mit dem liebsten Wochentag noch einmal überdenken.«*

LoveSunday: *»Das stelle ich mir schwierig vor. Ich könnte nie wegziehen und meine Familie und Freunde zurücklassen.«*

Oliver: *»Leider konnte ich die Entscheidung nicht selbst treffen. Und würde ich meinen Job nicht so lieben, hätte ich es vermutlich auch nicht getan.«*

Oliver schien ein netter und bodenständiger Kerl zu sein. Weder indiskret noch aufdringlich und genau auf ihrer Wellenlänge. Jedenfalls war dies ihr Eindruck von ihm, nachdem sie sich eine Stunde lang mit ihm ausgetauscht hatte. Sie war selbst überrascht, wie unterhaltsam es war, mit ihm zu chatten. Und dass er sich selbst über seine Geschlechtsgenossen ärgerte, die sich in den Datingportalen herumtrieben und die unkomplizierte Kommunikationsform schamlos ausnutzten, wertete sie als weiteren Pluspunkt für ihn.

Als sich die beiden aufgrund der vorangeschrittenen Uhrzeit verabschiedeten, freute sich Leni darauf, ihr Gespräch am nächsten Tag fortzusetzen.

EINS

Am darauffolgenden Sonntag klingelte es morgens pünktlich um zehn Uhr an Lenis Haustür. Ihr Herz pochte aufgeregt. Endlich würde sie Oliver persönlich kennenlernen. Sie hatten sich eine Woche lang im Chat ausgetauscht und waren in den letzten beiden Tagen dazu übergegangen, am Abend stundenlang miteinander zu telefonieren.

Er hatte eine angenehme Stimme und verstand es, sich auszudrücken. Sie mochte seine witzige Art und seinen Humor, ganz zu schweigen von seiner unterhaltsamen Schlagfertigkeit. Er war gebildet, höflich, und wenn sie seinem Profilbild glauben durfte, sah er auch ziemlich gut aus. Betrachtete sie Oliver als »Gesamtpaket«, könnte sich dahinter tatsächlich ein Traummann verbergen. Vielleicht sogar ihr Traummann. Schon nach dieser kurzen Zeit hatte sie mehr Vertrauen in ihn als in manch anderen und baute voll und ganz auf ihre Menschenkenntnis. Ansonsten hätte sie ihn niemals zu sich nach Hause eingeladen.

Sie atmete tief durch, ehe sie die Türklinke nach unten drückte. Die Tür ging auf und Leni stand einem attraktiven

Mann gegenüber, der ihr selbstbewusst einen kleinen, bunten Blumenstrauß reichte.

»Guten Morgen.«

»Hallo.« Leni lächelte, als Oliver ihr die Blumen überreichte.

»Leider habe ich vergessen, dich nach deinen Lieblingsblumen zu fragen«, entschuldigte er sich. »Deshalb ist von allem etwas dabei.«

»Die Blumen sind wunderschön. Vielen Dank.« Sie bat ihn, hereinzukommen, und musterte ihn im Vorbeigehen. Ihr fiel sofort auf, dass sein Profilbild noch nicht sehr alt sein konnte. Er sah haargenau so aus wie auf dem Bild. Ein attraktiver Mittdreißiger mit braunem, vollem Haar, durchschnittlicher Größe und freundlichen braunen Augen.

»Du trägst deine Haare kürzer als auf dem Bild«, stellte Oliver fest, dem Lenis prüfender Blick nicht entgangen war.

Sie lächelte verlegen. »Wenn es nur die Haare wären.«

Oliver blickte skeptisch. »Sind mir etwa weitere Details entgangen?«

Wenn ihm die Pluspfunde nicht aufgefallen waren, würde Leni einen Teufel tun und ihn auch noch darauf stoßen. Sie nickte nur. »Das Alter zum Beispiel. Aber nun komm herein und lass uns frühstücken.«

Sie eilte an ihm vorbei durch das Wohnzimmer und forderte ihn auf, am Esszimmertisch Platz zu nehmen.

»Der Kaffee ist frisch aufgebrüht und ich habe wundervolles Gebäck zum Frühstück.«

Leni deutete auf die frischen Backwaren auf dem Tisch. Sie hatte es am Tag zuvor bei ihrer Freundin Vicky in Auftrag gegeben, als sie sich mit Ellen auf einen Plausch im Mühlencafé getroffen hatte. Eigentlich hatte sie nicht geplant, jemandem von ihrem Treffen mit Oliver zu erzählen. Doch als klar war, dass Leni unmöglich das ganze Gebäck alleine essen konnte, wollten ihre Freundinnen sofort mehr wissen.

Nur gut, dass die gesellige Runde kurz darauf von Vickys Freund und Ellens Bruder Leonard gesprengt wurde, denn Leni wusste vor lauter Fragen nicht mehr, wo ihr der Kopf stand.

Oliver beugte sich interessiert über den Tisch und fächelte sich den Duft der Teigwaren zu. »Das sieht nicht nur köstlich aus, es riecht auch himmlisch. Dein Backtalent hast du mir bis jetzt gänzlich verschwiegen.«

»Ich kann dir nichts verschweigen, was es nicht gibt.« Leni lächelte schuldbewusst. »Nicht ich bin so talentiert. Meine Freundin Vicky betreibt das kleine Café an der Mühle und verdient ihr Geld mit derartigen Köstlichkeiten.«

»Ist sie die Freundin, die dich bei diesem Datingportal angemeldet hat?« Oliver lehnte sich interessiert auf dem Stuhl zurück.

»Nein. Das war Ellen. Und ihr würde ich durchaus zutrauen, dass sie aus purer Neugierde nachher noch *zufällig*«, Leni betonte das Wort bewusst länger, »vorbeikommt.« Sie griff nach der Kaffeekanne und goss Oliver und sich ein.

Ehe sie sich zu ihm setzte, versorgte sie jedoch noch die Blumen und platzierte sie auf dem Tisch. »Greif zu, wo du dich doch sonst nur von Konserven und Tiefkühlkost ernährst.«

Sollte es sich nicht seltsam anfühlen, so viel über einen Fremden zu wissen? Ihre Mundwinkel wanderten nach oben, als ihr bewusst wurde, wie viele seiner Eigenheiten sie schon in Erfahrung gebracht hatte.

Sie beobachtete ihn dabei, wie er beherzt zulangte. Er verhielt sich völlig normal – nicht verstellt oder aufgesetzt, wie das bei Dates ja oft der Fall war. Seine entspannte Haltung half ihr, sich selbst ebenfalls zu entspannen, und plötzlich fühlte sich alles vertraut an. Es war kein verkrampftes erstes Date, sondern vielmehr ein Treffen zwischen Freunden, das wie im Flug verging.

Nach vier Stunden blickte Leni zum ersten Mal zur Wanduhr und war überrascht, wie spät es schon war. Oliver und ihr waren zu keinem Zeitpunkt die Gesprächsthemen ausgegangen. Es gab kein vielgefürchtetes, peinliches Schweigen, denn Oliver verstand es ausgezeichnet, sie zu unterhalten. Er erzählte ihr von seiner Familie und wie behütet er und seine Schwester Claudia aufgewachsen waren. Wie großartig seine Eltern waren und wie sehr er Claudia vermisste, die sich als alleinerziehende Mutter ganz liebevoll um ihre beiden Söhne kümmerte. Genauso hörte er interessiert zu, wenn Leni aus ihrem Leben berichtete.

Sie erzählte ihm von ihrer Arbeit im Maklerbüro ihres Vaters, ihrer Leidenschaft, zu musizieren, und teilte ein paar kurzweilige Anekdoten mit ihm, über die vielen Streiche, die sie in ihrer Kindheit gemeinsam mit David ausgeheckt hatte. Zu guter Letzt fanden selbst politische Weltthemen an ihrem Frühstückstisch Platz.

»Jetzt quatsche ich dich hier schon stundenlang voll. Du hast heute sicher noch mehr vor, als dir von mir die Ohren abkauen zu lassen.«

Es war Sonntag und für gewöhnlich kam David sie besuchen. Die Erfahrung der letzten Wochen ließ sie allerdings stark bezweifeln, dass er ausgerechnet an diesem Tag bei ihr auf der Matte stehen würde. Sie schüttelte den Kopf.

»Nein. Ich habe nichts weiter vor. Was hältst du also von einem kleinen Spaziergang? Wir sitzen hier schon ewig.«

»Sehr gerne. Aber nur, wenn ich dir nicht zu lästig werde.«

»Keineswegs«, antwortete sie und stand auf. »Ich werde nur rasch den Tisch abräumen, dann können wir los.«

Oliver ging ihr dabei hilfsbereit zur Hand. Er stellte das schmutzige Geschirr zusammen und folgte ihr in die Küche, wo er alles in die Spülmaschine einräumte. Leni musterte ihn beiläufig. Sie hätte nie zu träumen gewagt, in einem Datingportal einen solchen Mann kennenzulernen. Einen, der so sympathisch und aufmerksam war und den sie wirklich richtig gerne mochte. Oliver war als *Jackpot* zu bezeichnen, und wenn sie sich in ihn verlieben würde, hätte sie alles richtig gemacht. Sie freute sich schon jetzt auf den Moment, in dem sie zum ersten Mal dieses gewisse Kribbeln spüren würde. Wenn die Flugzeuge in ihrem Bauch sich zu Loopings aufmachen würden und sich den Platz dort mit einer Horde Schmetterlinge teilen müssten. Aber eins nach dem anderen, ermahnte sie sich selbst.

Kurze Zeit später machten sich die beiden auf den Weg und spazierten durch den Wald, der an Lenis Haus angrenzte. So sonnig und warm der Tag auch war, die Waldwege waren vom heftigen Gewitter des Vortages noch matschig und aufgeschwemmt. Es dauerte nicht lange, bis sich erste Dreckklumpen an ihren Schuhen bildeten.

Anstatt sich darüber zu ärgern, machten sich die beiden jedoch einen Spaß daraus und trotteten gemeinsam durch jede einzelne Pfütze auf ihrem Weg. Dabei machten Olivers unbekümmerte Art und sein offenes Lachen ihn noch sympathischer.

»Meine Sandalen sind ruiniert.« Leni lachte und stellte bei ihrer Rückkehr die Schuhe auf den sonnigen Eingangsstufen ihres Hauses zum Trocknen ab. »Und meine Füße auch.«

Auch Oliver musste lachen, denn der Matsch klebte bis über die Knöchel an Lenis Füßen. »Kein Schaden, der nicht durch Wasser und Seife wieder repariert werden könnte. Bei mir scheint hingegen Hopfen und Malz verloren zu sein.«

Er blickte an sich herab. Seine Jeans war beinahe bis zu den Knien voller Matsch und von seinen ursprünglichen schwarzen Schuhen war nur noch ein brauner Klumpen übrig, aus dem ein paar Schnürsenkel herausstanden.

»Zieh mal deine Schuhe und Strümpfe aus, ich habe eine Idee.« Barfuß verschwand Leni hinter der Hausecke und kam wenige Augenblicke später mit dem Gartenschlauch zurück. Fragend zog sie die Augenbrauen nach oben. »Und? Bist du dabei oder kneifst du?«

Oliver legte seine durchweichten Strümpfe neben die Schuhe auf den Gartenweg und nickte Leni dann auffordernd zu. »Ich bin dabei. Los geht's!«

Leni drehte am Ventil und sofort spritzte Wasser aus dem Schlauch. Zunächst erhielten Olivers Schuhe eine Dusche. Dann lenkte sie den Wasserstrahl auf seine Strümpfe, die sogleich davonflogen. Und zu guter Letzt kamen auch noch seine Hosenbeine an die Reihe. Oliver stand als triefender Held vor ihr und beide stimmten in ein vergnügtes Gelächter ein.

*

David kniff die Augen zusammen, als er seinen Wagen vor Lenis Haus parkte, und beäugte kritisch die Szenerie. Seine Freundin tollte ausgelassen durch ihren Garten, was nicht weiter verwunderlich war. Während er für gewöhnlich derjenige war, der sie mit dem Wasserschlauch jagte, interessierte ihn nun viel mehr, wer der Hampelmann war, der seinen

Platz eingenommen hatte und ihr barfuß hinterherrannte. Er hatte sich so sehr auf einen gemütlichen Abend mit ihr gefreut, dass er den Fremden als unliebsamen Störenfried wahrnahm. Seine Kühltasche war prall gefüllt mit allerlei deftigem Grillgut, das er nur mit ihr zu teilen bereit war. Im Gegensatz zu Gitta würde Leni es lieben, die mit Speck eingerollten Würstchen zu verdrücken.

Gitta aß kein Fleisch. Sie aß auch nichts Fettiges. Und weißes Mehl war für sie geradezu eine Katastrophe, die nur noch von Zucker übertroffen werden konnte. Zu dumm nur, dass seine Freundin auch sämtliche dieser Nahrungsmittel aus seinem Speiseplan gestrichen hatte. Den ganzen Tag über hatte er an nichts anderes gedacht als an die frischen Würstchen vom Grill, aufgebackene Semmeln und ein kühles Bier. Denn Gitta hasste auch Alkohol, wohingegen Leni gerne mal ein Bier mit ihm trank.

Er sah sich den Wagen genauer an, neben dem er parkte. Ein Hamburger Autokennzeichen. Woher kannte Leni den Kerl aus Hamburg? Und weshalb hatte sie seine Anwesenheit noch nicht zur Kenntnis genommen? Für gewöhnlich musste er nur in den Hof fahren, schon öffnete sie ihm die Haustür.

»Hey, ich …«, begann er, um auf sich aufmerksam zu machen, als ihn ein Wasserstrahl im Gesicht traf und er automatisch innehielt. Er wusste nicht, wer der Lackaffe war, mit dem sich Leni vergnügte, aber er wusste, dass dummerweise er der Leidtragende von dessen tölpelhaftem Manöver war.

»David.« Leni nahm den Wasserschlauch an sich und stellte das Wasser ab. »Was treibt dich hierher?«

Hatte sie ihn gerade allen Ernstes gefragt, warum er hier war? »Es ist Sonntag. Sonntags komme ich für gewöhnlich immer hierher.« Missmutig stapfte er an ihr vorbei. Er stellte seine Kühltasche ab und verkündete: »Ich brauche erst mal ein Handtuch.« Er ignorierte den Kerl und betrat das Haus, wo die Stimmen der beiden noch zu hören waren.

»Das ist also David? Den hatte ich mir anders vorgestellt. Nicht so mürrisch«, stellte der Fremde fest.

Sie hatte dem Kerl also von ihm erzählt?

»Vermutlich ist er wieder einmal auf Fleischentzug. Da hat er oft so eine schlechte Laune.«

Leni kannte ihn einfach zu gut. Er war ein offenes Buch für seine beste Freundin. Deshalb ärgerte es ihn umso mehr, dass er nichts von ihrem Bekannten wusste. Weshalb hatte sie ihm nichts von dem Kerl erzählt?

Im Badezimmer nahm er sich ein Handtuch vom Haken und rubbelte sich seine blonden Haare trocken, bis sie ihm wirr vom Kopf abstanden.

»Hättest du nicht wenigstens Hallo sagen können?«, hörte er plötzlich hinter sich Lenis vorwurfsvolle Stimme.

»Etwa zu dem Heini, der mich nass gespritzt hat?«

»Der Heini heißt Oliver und ist echt nett.«

»Bleibt der Kerl den ganzen Abend?«

Sie stemmte die Hände in die Hüften. »Hast du etwa ein Problem damit?«

Weshalb war sie so gereizt? Es war ja nicht so, dass er absichtlich ihre Verabredung platzen lassen wollte. Sonntags war er schließlich immer bei ihr. Sie hätte also mit seiner Anwesenheit rechnen müssen.

»Es ist Sonntag. Sonntag ist unser Abend«, gab er ihr entrüstet zu verstehen.

»Sagte der Mann, der sich hier seit sechs Wochen nicht mehr hat blicken lassen?«

Die Ironie ihrer Frage hatte einen bitteren Beigeschmack,

denn er war in den letzten Wochen wirklich äußerst nachlässig gewesen, was ihre Treffen anbelangte.

»Jetzt hör mir mal gut zu, mein Lieber«, gab sie ihm unmissverständlich zu verstehen. »Wir können hier gemeinsam bei Bier und Würstchen einen schönen Abend verbringen oder du isst einfach eine Salatgurke mit deiner Freundin und erfreust dich an ihrem Soja-Gemüse-Shake. Überleg es dir.«

Leni zog die Tür hinter sich zu und David hörte, wie sie wieder nach draußen ging.

Er stützte sich am Waschbecken ab und sah in den Spiegel vor sich. Es irritierte ihn, dass sie derart sauer auf ihn war. Lag es daran, dass er sich in den letzten Wochen so wenig um sie gekümmert hatte? Oder vielmehr daran, dass er die traute Zweisamkeit der beiden gestört hatte? Er wusste es nicht. Doch er wusste, dass er es Leni schuldig war, ihr den Abend nicht zu vermiesen. Er strich sich die Haare aus dem Gesicht und öffnete die Badezimmertür. Er konnte Leni in der Küche werkeln hören und nutzte deshalb seine Chance, sich den Fremden einmal ungestört anzusehen.

Als er vor das Haus trat, war der Wasserschlauch wieder aufgeräumt und der Kerl machte sich daran, den Grill in Betrieb zu nehmen. Er ging zu ihm und reichte ihm die Hand.

»Hi. Ich bin übrigens David.«

»Oliver«, antwortete ihm der Fremde. »Freut mich, David. Entschuldige bitte das Missgeschick mit dem Wasserschlauch.«

»Halb so wild«, tat David den Zwischenfall großmütig ab und war gespannt, was der weitere Abend noch für Erkenntnisse über Oliver und Leni bringen würde.

*

Leni schmunzelte, als sie bemerkte, wie David aus dem Haus schlich und sich Oliver reumütig vorstellte. Es hätte sie auch sehr gewundert, wenn ihr bester Freund sich nicht so weit im Griff gehabt hätte, um nicht doch noch gemeinsam mit ihr und Oliver einen schönen und entspannten Abend zu verbringen.

Sie nahm ein paar Brötchen aus dem Tiefkühler und warf den Backofen an. Dann packte sie Geschirr, Grillsoßen, Gläser und Servietten auf ein Tablett und trug alles nach draußen, wo sie den Tisch deckte.

David und Oliver standen am Grill und unterhielten sich über die unterschiedlichen Befeuerungsarten. Während Oliver auf Holzkohle setzte, deutete David auf Lenis Gasgrill – was sonst. Schließlich hatte er ihn ihr vor zwei Jahren zum Geschenk gemacht. Nicht ohne Eigennutz, wie sich schnell zeigte. David kam fast jeden Abend bei ihr vorbei, um etwas zu grillen. Er grillte und sie musste seine seltsamen Experimente verkosten. Mit Gräuel dachte sie an die marinierte Ananas zurück, die mit Romadur gefüllt war und die er mit Speck ummantelt hatte. Ekelhaft, wenngleich er es göttlich fand.

Es war daher wenig verwunderlich, dass sich der Meister am Grill es sich nicht nehmen ließ, selbst für das Essen zu sorgen. Doch das kam Leni gerade recht. So konnte sie sich weiterhin mit Oliver unterhalten, auch wenn David sich immer wieder in das Gespräch einmischte.

Nachdem sie zu Abend gegessen hatten, lehnte sich David zufrieden zurück und verschränkte die Arme hinter dem Kopf. »War das herrlich. Ich weiß nicht, wann ich das letzte Mal so gut gegessen habe.«

»Wir haben doch nur gegrillt«, setzte Leni entgegen, denn

Davids Loblied ließ beinahe auf ein Sternemenü der Extraklasse schließen.

»Ich weiß.« Zufrieden streckte er sich. »Köstlich, nicht?«

»Gitta lässt dich ganz schön leiden«, bemerkte Leni, als sie an das Steak, die vier Bratwürste und die drei Semmeln dachte, die David geradezu verschlungen hatte. Dazu die zwei gekühlten Radler. Sie schüttelte den Kopf und begann, die leeren Teller ineinander zu stellen.

Er grinste. »Dafür werde ich anderweitig entschä…«

»Stopp. Das will ich weder wissen noch hören.«

Sie stand abrupt auf und griff nach dem Tablett. »Möchte noch jemand einen Nachtisch? Und mit jemand meine ich Oliver, denn vor dir«, sie sah zu David, »sind Vickys Quarkhörnchen bestimmt nicht sicher.«

»Drei Wochen Zuckerentzug«, gab er Oliver mit betroffener Miene zu verstehen. »Ich soll bis zu meinem Geburtstag in zwei Wochen unbedingt noch drei Pfund abnehmen, meint Gitta. Besuche bei Vicky sind daher strengstens tabu.« Er sah zu Leni. »Wir feiern übrigens auf der Sonnwendfeier in meinen Geburtstag hinein. Du kommst doch?«

»Natürlich komme ich«, sie nickte ganz selbstverständlich. Seinen Geburtstag würde sie doch niemals verpassen. Sie wollte gerade ins Haus gehen, als sie eine Idee hatte und noch einmal zurückblickte.

»Oliver, hast du nicht auch Lust, auf die Sonnwendfeier zu kommen? Da kannst du echt viele nette Leute kennenlernen.« Oliver kannte hier in der Gegend noch niemanden, da lag es doch auf der Hand, ihn zu fragen, ob er mitkommen wollte.

»Ja, gerne«, antwortete er überrascht. »Sag mir nur wann, dann hole ich dich ab.«

Leni lächelte und nickte zufrieden.

Als sie sich nun endgültig zum Gehen wandte, entging ihr Davids mürrischer Blick nicht. Sie ignorierte ihn jedoch. Irgendetwas schien ihm heute krumm im Magen zu liegen. Ob es die vielen Würstchen waren? Und wenn, dann war er selbst schuld daran.

Nachdem Leni wieder zurückgekehrt war, kam nur schleppend ein Gespräch zustande. Was bei Davids Laune auch kein Wunder war. Ebenso wenig verwunderlich war, dass sich Oliver deshalb kurze Zeit später verabschiedete.

Er bedankte sich bei Leni mit einer herzlichen Umarmung für den schönen Tag und nickte David zu. »Bis in zwei Wochen dann.«

Mehr als ein beiläufiges Grunzen hatte David für Oliver nicht übrig und Leni konnte über sein Verhalten nur den Kopf schütteln.

Sie begleitete Oliver noch zum Auto und sah ihm hinterher, bis sein Wagen hinter der Kurve verschwand. Sie hatte einen wunderschönen Tag mit ihm verbracht und sehr interessante Gespräche geführt. Da war es doch nicht sonderlich verwerflich, dass sie sich darauf freute, ihn wiederzusehen.

Gut gelaunt ging sie zurück in den Garten, wo David ihr half, das restliche Geschirr in die Küche zu tragen. Dabei konnte er allerdings nicht widerstehen, sie ständig mit Oliver aufzuziehen. Vor allem die unkonventionelle Art ihres Kennenlernens schien ihn dabei besonders zu stören. Er machte jedenfalls keinen Hehl daraus, dass er nichts auf Onlinedating gab und Leni für zu leichtsinnig hielt. Genervt lehnte sie sich irgendwann gegen die Arbeitsplatte und presste die Hände gegen ihre Schläfen.

»Oliver ist echt nett. Um ehrlich zu sein, habe ich schon lange keinen so charmanten Mann mehr kennengelernt. Er ist hilfsbereit, erfolgreich und gut aussehend. Und wenn ich heute beschließen würde, ihn zu heiraten und zehn Kinder mit ihm zu zeugen, solltest du dich als mein bester Freund für mich freuen und mich unterstützen. Aber du ziehst mich ständig auf. Wenn du also begründete Zweifel hast, dass Oliver ein anständiger Kerl ist, dann lass es mich wissen. Ansonsten behalt deine Meinung bitte für dich.« Hatte sie das gerade wirklich gesagt?

»Wenn er dir wehtut, kann der Kerl was erleben.«

Mit diesen Worten und einem düsteren Blick ließ David Leni stehen und marschierte aus dem Haus.

Was war hier gerade geschehen? So hatte sie David noch nie erlebt. Er war einfach grußlos gegangen. Ohne Kuss auf die Wange, wie er es für gewöhnlich tat. Ohne ihre Haare zu verstrubbeln. Einfach so. Weg.

ZWEI

Davids Blick war zum Himmel gerichtet. Die Wolken wanderten schneller und ihr strahlendes Weiß hatte sich in ein düsteres Grau verwandelt. Wind kam auf. Nicht lange und der Himmel würde seine Schleusen öffnen. Erleichtert sah er sich auf dem Feld um. Sie mussten nur noch wenige Bahnen mit dem Traktor abfahren, denn die meisten Heuballen hatten sie schon auf die großen Wagen aufgeladen und sicher in ihrer Scheune verstaut. Dennoch durften sie nicht trödeln. Er klatschte in die Hände. »Auf geht's! Die letzten schaffen wir noch, bevor es zu regnen beginnt.«

»Sklaventreiber«, hörte er Lenis amüsierte Stimme vom Wagen herunterrufen.

Nach mehr als einer Woche Funkstille zwischen ihnen freute er sich, dass seine beste Freundin am frühen Morgen vor ihm gestanden hatte, um sich pflichtbewusst zum Arbeitseinsatz zu melden.

Leni arbeitete im Maklerbüro ihres Vaters, und seit Davids Ziehvater Georg Hofer gestorben war, schloss Frank Lindner jedes Jahr sein Büro für einen Tag, um gemeinsam mit Leni den Hofers bei der Heuernte für ihren großen Gutshof zu helfen.

»Ausbeuter.« Sie blickte über die gestapelten Heuballen auf ihn herab. Herausfordernd hob sie den Arm nach oben und verkündete: »Viva la revolución!«

Lachend schüttelte David den Kopf und signalisierte Frank, mit dem Traktor ein Stück weiter zu fahren. Jedes Jahr spielte sich das Gleiche ab. Jedes Jahr riefen Leni und Ellen zur Revolution gegen den Arbeitsdienst auf. Ohne dieses alljährliche Spektakel würde etwas fehlen. Die ganze Arbeit wäre nur halb so unterhaltsam und ginge allen vermutlich auch nur halb so leicht von der Hand.

Das schlechte Gewissen nagte noch an ihm. Leni hatte recht mit dem, was sie sagte. Wenn sie wirklich aufrichtiges Interesse an Oliver hätte und dieser ernste Absichten hegte, sollte er sich für sie freuen. Seine Freundin verdiente es, glücklich zu sein, auch wenn es definitiv nicht leicht für ihn wäre, sie mit jemandem teilen zu müssen.

Mit einem lauten Pfiff kündigte sein Bruder Leonard sein Kommen an. Ihm folgten seine Schwester Ellen, seine Mutter Marianne und zwei ihrer Angestellten – Lukas und Toni, während sein treuer Hund Caruso quer übers Feld jagte. Sie hatten ihren Wagen bereits voll beladen und stießen nun zu ihnen, um David zu helfen, die letzten Ballen noch vor dem Regen sicher in die Scheune zu bringen. Punktgenau mit ihrer Ankunft begann es, am Himmel dumpf zu grollen.

»Toni, fahr du mit dem ersten Wagen schon los. Dann steht wenigstens der sicher im Trockenen«, bedeutete David seinem Mitarbeiter, der kommentarlos nickte und schnellen Schrittes wieder davoneilte.

»Lukas, du hilfst David.« Leonard ging zum hochbeladenen Wagen, um hinaufzusteigen. »Ich helfe Leni.«

»Ellen, ihr werdet ...« David hatte keine Gelegenheit aus-zusprechen, denn wieder einmal war Lenis Stimme zu hören.

»Ausbeuter.«

Ellen stimmte sofort mit ein. »Sklaventreiber.« Ihre Hand schoss nach oben und ihr amüsierter Blick galt Leni. »Viva la revolución!«

»Viva la revolución!«, stimmte Leni lachend mit ein.

David schüttelte resigniert den Kopf und deutete mit dem Finger auf Ellen. »Du und Mutti, ihr werdet nach Hause fahren. Und nehmt Caruso gleich mit. Du«, er deutete auf Leonard, »bleibst hier unten und hilfst Lukas. Und dir«, er kniff die Augen zusammen, fixierte Leni und begann, am Wagen hochzuklettern, »dir gebe ich gleich eine Revolution.«

Ellen wischte sich den Schweiß von der Stirn und winkte Leni zum Abschied. »War schön, dich gekannt zu haben.« Lachend gingen sie und ihre Mutter zum Wagen, der am Rand des Feldes geparkt war. Sie rief nach Caruso, der um-gehend angetrottet kam.

Mit wenigen kraftvollen Bewegungen stemmte sich David nach oben und stand Leni gegenüber.

»Nun, du kleine Revoluzzerin, wolltest du mir was sagen?«

Leni nickte und ihr Mund zitterte bereits vor unterdrück-tem Lachen.

»Und das wäre?«

»Viva la revolución!«, rief sie begeistert, wobei das Echo von Ellen unter ihrem überraschten Aufschrei und Carusos Bellen unterging, denn David hatte sie geschnappt und unter sich begraben.

Herausfordernd zog er etwas Heu aus einem gepressten Ballen und präsentierte es ihr mit einem süffisanten Lächeln.

»Das ist gemein«, rief sie entrüstet, da ihr bewusst war, wie sehr Heu jucken konnte.

»Das hättest du dir eher überlegen sollen.«

David begann, das Heu in ihren Haaren zu verteilen, stopfte es in die langen Ärmel ihres Arbeitshemdes, in ihre Arbeitshandschuhe, in ihre Hosenbeine und zu guter Letzt leerte er noch eine Ladung über ihrem Ausschnitt aus.

»Seid ihr endlich fertig da oben?« Leonards Stimme drang zu ihnen.

»Wir … puh, pah …«

Leni giggelte vergnügt, als David eine Ladung Heu auszuspucken begann, die sie ihm ins Gesicht geworfen hatte.

»Ich«, er holte bereits zu einer anklagenden Ansprache aus, als ihn erste Regentropfen an der Wange trafen. »Mist.«

Sofort stand er auf und zog Leni mit sich hoch. Er winkte Leonard und rief ihm zu: »Wir sollten uns sputen. Es beginnt zu regnen.«

Leonard deutete auf Frank und Lukas und sah zu seinem Bruder auf. »Du weißt hoffentlich, dass es nicht an uns liegt.«

»Ich weiß, es liegt an der kleinen Revolu… Pah …«

Erneut landete eine Ladung Heu in seinem Mund. Doch während David resigniert neben Leni stand, den Kopf schüttelte und neuerlich das Heu auszuspucken begann, bedeutete sie Leonard und Lukas mit ernster Miene, die Arbeit fortzusetzen und ihr weitere Heuballen hochzuwerfen.

In Rekordzeit beluden sie den Wagen und fuhren zurück zum Gut der Hofers. Zwischenzeitlich regnete es, und am Himmel war zu erkennen, dass das Gewitter immer näher kam. Von Minute zu Minute wurde es dunkler.

Leni und David hatten sich die Mühe gleich erspart, wieder vom Wagen zu steigen, denn das hätte nur Zeit gekostet.

Sie signalisierten Lenis Vater, weiterzufahren, kauerten sich zusammen, zogen ihre langen Hemden über die Köpfe und hofften darauf, endlich ihr Ziel zu erreichen.

Völlig durchnässt kamen sie nach zehnminütiger Fahrt auf dem Hof an, wo sie schon erwartet wurden. Während Leonard Caruso zum eigenen Schutz an die Leine legte, rangierte Frank gekonnt das Fahrzeug und parkte die wertvolle Fracht sicher in der großen Scheune.

David stieg vom Wagen und entdeckte Gitta, die gelangweilt herumstand und ihr Smartphone in den Händen drehte. Zielstrebig ging er auf sie zu, um sie mit einem Kuss zu begrüßen, da hob sie abwehrend die Hände.

»David, nicht! Sieh dich nur an, wie du aussiehst. Du bist pitschenass, riechst unangenehm und hast überall Heu an dir kleben. Selbst im Gesicht.« Sie ignorierte seinen flehentlichen Blick und seine schmollende Schnute. »Ich sagte Nein.«

Doch so sehr sie ihn auch abwehrte, ignorierte er ihre Bitte. Schwungvoll zog er die attraktive Blondine in ihren hohen Pumps und ihrem schicken Designerkostüm an sich und presste seine Lippen auf ihre.

Beleidigt stieß sie ihn von sich. »Was hast du nur angerichtet!« In der Tat hatten ihr Blazer und ihr Rock etwas abbekommen. »So kann ich unmöglich zu meinem nächsten Termin. Ich sehe aus wie ...«, sie blickte sich in der Scheune um.

»Wie wir?«, fragte Ellen herausfordernd und ließ mit ihrem Ton keinen Zweifel daran, wie wenig sie von Gittas herablassender Art hielt.

Gitta ging über Ellens Kommentar hinweg und schenkte David ein versöhnliches Lächeln. »Gehst du heute Abend mit mir essen?«

»Das geht nicht.« David deutete zu den Helfern. »Wir sind

hier noch nicht fertig und außerdem hat uns Vicky in die Mühle eingeladen. Sie kocht extra für uns.«

»Nie hast du für mich Zeit.« Sie verdrehte die Augen, denn Leonard hatte im selben Augenblick »Keine Müdigkeit vorschützen. Es geht weiter« gerufen und sie damit um ein Vielfaches übertönt.

»Ausbeuter«, rief Ellen daraufhin fröhlich.

»Sklaventreiber«, hallte Lenis Stimme vom Wagen herab.

Gleichzeitig hoben sie ihre Arme in die Höhe und riefen: »Viva la revolución!«

Mit Ausnahme von Gitta stimmten alle in ein freudiges Gelächter ein.

»Leni ist auch da?«

»Natürlich ist Leni da.« David verstand die Frage überhaupt nicht. »Ohne sie würde es doch nur halb so viel Spaß machen.«

»Dann kannst du ja getrost auf mich verzichten«, gab Gitta eingeschnappt von sich und verließ die Scheune.

David hatte weder die Zeit, noch wollte er sie sich nehmen, ihr hinterherzugehen, daher rief er ihr versöhnlich nach: »Ich ruf dich später an.«

Leonard warf seinem Bruder ein paar Arbeitshandschuhe zu. »Krise abgewendet?«

»Lass uns einfach loslegen.«

Gemeinsam luden sie einen Wagen nach dem anderen ab. Die Heuballen wurden fein säuberlich in der Scheune verstaut und nachdem Ellen und Marianne den Boden gefegt hatten, erinnerte nichts mehr an das Chaos, das noch kurze Zeit zuvor geherrscht hatte.

Auch Leni hatte sich einen Besen geschnappt und begann, mit einem alten Volkslied auf den Lippen die Ladefläche zu kehren. So erschöpft doch alle waren und sich mittlerweile auf den Heuballen ausruhten, so schön war es zu hören, wie alle in das Lied mit einstimmten.

David lehnte am Wagen und sang ebenfalls mit, während Leni ihn immer wieder absichtlich mit dem Besen anstieß – was er schmunzelnd hinnahm. Leni wäre schließlich nicht Leni, wenn sie ihn nicht ständig ärgern würde. Doch auch er wäre nicht David, wenn er es ihr nicht gleichtun würde. Auch wenn Gitta sein Verhalten kindisch und unangebracht fand, so wusste David, dass er für diese Neckereien nie zu alt sein würde. Sein Blick fiel auf Ellen und seine Mutter, die sich einander zuwandten und herzhaft lachten. Leider realisierte er erst viel zu spät den Grund dafür.

Als Leni an seinem Hemdkragen zog und eine riesige Ladung Heu hineinstopfte, wusste er um den verschwörerischen Zusammenhalt der Frauen. Er schrie auf und sprang mit einem Satz auf die Ladefläche.

Leni streckte ihm bereits lachend den Besen entgegen, um ihn auf Abstand zu halten. »Entschuldige, aber ich konnte einfach nicht widerstehen.«

»Du gehörst mal ordentlich übers Knie gelegt, Fräulein.« Da sich Leni vor Lachen schüttelte, war es ein Leichtes für David, nach dem Besen zu greifen und sie zu sich zu ziehen. Sie stolperte in seine Arme und warf ihren Kopf herzhaft lachend in den Nacken.

Wow. Leni hatte wirklich ein wunderschönes Lachen. Ehrlich. Offen. Bezaubernd. Weshalb war ihm das zuvor noch nie aufgefallen? Sie lachten doch ständig miteinander.

»Könnt ihr eure Kabbelei vielleicht verschieben?« Leonard schlenderte zum Traktor. »Ich würde gerne aufräumen und endlich duschen.«

»Und zu Vicky«, lachte Ellen herausfordernd, während sie und Leni begannen, schmatzende Kussgeräusche zu imitieren.

Doppelwow. Erschrocken ertappte sich David dabei, wie er auf Lenis Mund starrte, der sich geradezu zum Küssen anbot. Die Sonne musste ihm wirklich zugesetzt haben. Was hatte er nur für abstruse Gedanken?

»Ihr seid doch nur neidisch«, wiegelte Leonard grinsend ab.

»Leo hat recht. Zeit für den Feierabend«, mischte sich David ein. Ohne ein weiteres Wort ließ er Leni stehen, sprang vom Wagen und begann, das herumliegende Arbeitsmaterial aufzuräumen. Vielleicht half ihm ja auch eine Dusche, um wieder normal denken zu können.

Toni öffnete die angelehnten Scheunentore und das Gewitter drang nun lautstark zu ihnen durch.

»Willst du mitfahren?«, rief Leonard Leni zu, die noch immer auf der Ladefläche des Wagens stand.

»Danke. Ich verzichte.« Toni winkte sie zum Rand des Wagens. Dankend stützte sie sich auf seinen Schultern ab und ließ sich von ihm herunterhelfen.

Darüber, dass Tonis Hand länger als notwendig ihren Hintern streifte, schien Leni hinwegzusehen. Nicht aber David. Mit einem lauten Knall ließ er den Deckel der Werkzeugkiste in die Halterung einrasten.

Erschrocken zuckten die beiden zusammen und Toni löste sofort seine Hand von Leni, als ihn Davids finsterer Blick traf.

*

»Schnell, kommt rein.« Vicky hielt die Eingangstür der alten Mühle auf und bat ihre durchnässten Freunde, einzutreten. Es roch bereits köstlich nach deftigen Speisen und beim Anblick des kleinen Büfetts, das Vicky im Café aufgebaut hatte, lief allen das Wasser im Mund zusammen.

»Ist es in Ordnung, wenn wir auf eine Umarmung zur Begrüßung verzichten?« Ellen lächelte schief. »Wir waren so hungrig, dass wir keine Zeit zum Duschen hatten.«

»Ausnahmsweise.« Vicky drängte alle, Platz zu nehmen und sich für die Plackereien des Tages von ihr verwöhnen zu lassen. »Setzt euch und trinkt erst einmal etwas. Ihr müsst total erledigt sein.«

»Gilt das Berührungsverbot auch für mich oder darf ich dich wenigstens küssen?« Leonard zwinkerte Vicky verliebt zu.

»Nicht, wenn ich schneller bin.« Vickys Hände umfassten Leonards Gesicht und zogen ihn zu sich.

Kaum hatten sich die Lippen der beiden getroffen, als Ellen und Leni wieder in ihr Konzert aus Schmatzgeräuschen einstimmten.

»Ihr Hühner seid doch nur neidisch«, gab Leonard zwischen zwei Küssen von sich, ohne dabei den Blick von Vicky zu lösen.

Aus der angrenzenden Backstube war ein Klingeln zu hören, das Vicky sofort aufhorchen ließ. Sie ließ Leonard alleine stehen und eilte mit den Worten »Die Specktarte ist fertig« davon.

»Tja, Brüderlein, gegen eine Specktarte kommst selbst du nicht an.« David grinste frech und lehnte sich in seinem Stuhl zurück.

Mit rollenden Augen äffte Leonard ihn nach und ließ sich auf den Stuhl neben ihm fallen.

»Greift zu.« Vickys Stimme hallte aus der Backstube herüber. »Noch ist alles warm. Ich bringe gleich den Rest.«

»Können wir dir etwas helfen, Liebes?« Marianne hob einen der Deckel der aufgereihten Wärmebehälter an und bewunderte ein goldbraun gebackenes Kartoffelgratin.

»Nein. Ich bin gleich so weit. Fangt doch schon an, bevor alles kalt wird.«

Leni entdeckte einen Stapel Backbücher auf dem Tresen, der verdächtig weihnachtlich aussah. »Vicky, es ist noch eine Weile hin bis Weihnachten. Weshalb liegen die ganzen Backbücher hier rum?« Sie lachte. »Du willst doch nicht etwa jetzt schon mit Plätzchenbacken beginnen?«

»Nein, natürlich nicht. Aber es ist nie früh genug, um neue Rezepte auszuprobieren«, trällerte es aus der Küche.

»Du weißt, wenn du jemand zum Verkosten suchst, kannst du jederzeit auf mich zählen«, mischte sich David ein.

Ellen neckte ihn. »Lass das Gitta besser nicht hören.«

Als Vicky wenige Minuten später mit einem Serviertablett zurück in den Gastraum kam, blickte sie zufrieden auf die gefüllten Teller. Sie stellte das Tablett ab und ein freudiges Raunen ging durch die Reihen.

Neben ein paar Stücken der warmen Tarte befand sich auch eine große Schüssel mit Schokoladenmousse darauf. Und Vickys Mousse wurde von allen geliebt.

»Weißt du schon, was du zur Sonnwendfeier anziehst?« Während Ellen ein Stück ihres Semmelknödels im Mund verschwinden ließ, schaute sie fragend zu Leni.

»Keine Ahnung. Und du?«

»Ich dachte an das marineblaue Kleid mit dem gemusterten Taillenband.«

Leni trank einen großen Schluck ihrer Saftschorle und nickte zustimmend. »Au ja, das ist richtig schön. So etwas gibt mein Kleiderschrank leider nicht her.«

»Dann lass uns doch mal wieder gemeinsam bummeln ge-

hen. Das haben wir schon seit Ewigkeiten nicht mehr gemacht.« Ellen zwinkerte Leni verschwörerisch zu und wandte sich dann an Vicky. »Du bist doch auch dabei?«

»Ich ähm … ja, klar. Warum nicht.« Vicky freute sich über
die unverhoffte Einladung ihrer Freundinnen.

Leonard sah zu seinem Bruder. »Uns hat mal wieder niemand eingeladen.«

David legte zufrieden sein Besteck in den leeren Teller.
»Vielleicht bringen sie uns ja etwas mit.«

»Natürlich bringen wir euch etwas mit.« Leni lächelte.
»Was Spannendes.«

»Was zum Spielen«, rief Ellen hinterher.

Vicky schob die Schüssel mit der Schokoladenmousse auffordernd in die Mitte des Tisches. »Und Schokolade.«

*

Leni drehte sich skeptisch vor einem der großen Spiegel in
der Boutique. Das knielange rote Kleid gefiel ihr eigentlich
ganz gut, nur den Ausschnitt fand sie mehr als gewagt.

»Ich weiß nicht. Der Ausschnitt ist doch viel zu tief, findet
ihr nicht?«

Vicky und Ellen blickten sich vielsagend an und schüttel-
ten beide den Kopf.

»Dieses Kleid ist der absolute Hammer. Wenn du es dir
nicht freiwillig kaufst, kaufe ich es für dich.« Ellen stand auf
und bedeutete Leni, endlich damit aufzuhören, am Saum des
Ausschnitts zu ziehen. »Dein Oliver wird ganz schön große
Augen machen. Und wenn du ihn mit diesen Argumenten
nicht überzeugen kannst«, sie deutete auf Lenis Brüste, »dann
ist er ein Idiot.«

»Er ist nicht *mein* Oliver und ich will ihn auch nicht überzeugen«, wandte Leni ein.

»Aber du fandest ihn doch so nett und sympathisch.« Vicky stellte ihre Handtasche neben sich auf den Boden und stand ebenfalls auf, um sich zu ihren Freundinnen zu gesellen.

»Ja, genau. Nett und sympathisch. Von allem anderen wollen wir mal nicht reden, geschweige denn daran denken. Nach eins kommt zwei.« Leni drehte Vicky zum Spiegel. »Und nach mir kommst nun du an die Reihe.«

Leni war froh, dass die Kleiderauswahl für Vicky ihre Freundinnen von dem Thema »Oliver« ablenkte. Sie wären bestimmt enttäuscht, wenn sie ihnen jetzt schon erklärte, dass Oliver und sie sicherlich kein Paar werden würden. Leni mochte Oliver sehr. Seit ihrem ersten Treffen hatten sie beinahe täglich telefoniert und in ihren ausführlichen Gesprächen hatten sie sich noch besser kennengelernt. Doch ihr ging die Umarmung nicht aus dem Kopf, mit der er sich bei ihrem Treffen von ihr verabschiedet hatte. Sie war so herzlich und ehrlich, aber sie vermochte nicht ihr Herz so zu berühren, wie sie es sich erhofft hatte. Auch ihre Gefühle, wenn sie seinen Namen auf dem Display ihres Handys las. Keine Flugzeuge. Keine Schmetterlinge. Kein Kribbeln.

Oliver war ihr ein guter Freund geworden. Sie hatte ihn wirklich gern, doch so leid es ihr auch tat, für mehr reichten ihre Gefühle nicht aus, und sie hoffte darauf, dass er das genauso sah.

»Was hältst du von Grün? Ich habe vorhin einen entzückenden Satinrock mit einer ganz raffinierten, ärmellosen Bluse entdeckt.« Ellen eilte sofort davon.

Fragend schaute Vicky zu Leni. »Ein Satinrock? Ist das nicht ein wenig zu schick für eine Sonnwendfeier?«

»Nein, überhaupt nicht. Ist doch schön, sich mal ein wenig rauszuputzen. Schließlich muss ich das rote Kleid anziehen.« Leni schmunzelte, denn im Gegensatz zu Vicky wusste sie, welche Überraschung Leonard am Abend für seine Liebste geplant hatte.

Die drei verließen die Boutique eine Stunde später mit prall gefüllten Einkaufstaschen und einer satten Ausbeute. Nach einem Zwischenstopp in der alten Mühle, wo Vicky kurz nach dem Rechten sehen wollte, nur um festzustellen, dass der Laden auch ohne ihre ständige Anwesenheit lief, fuhren sie zu Leni und verbrachten dort einen kurzweiligen Nachmittag. Mit Maniküre, Pediküre, Peeling und Prosecco stimmten sie sich auf den bevorstehenden Abend ein. Sie halfen sich gegenseitig beim Make-up und bei den Frisuren, und als sie sich gegen achtzehn Uhr voneinander trennen mussten, beschlossen sie wehmütig, nun regelmäßig solche Tage miteinander zu verbringen.

DREI

Leni betrat an Olivers Seite den sommerlich dekorierten Festsaal des Dorfgasthauses. Dieser war schon zum größten Teil gefüllt. Sie entdeckte zahlreiche bekannte Gesichter und winkte ihnen fröhlich zu.

»Leni«, hörte sie ihren Namen rufen und entdeckte Vicky, die ihr von einer der hintersten Tischreihen zuwinkte. »Hier sind wir.«

»Jetzt stelle ich dir ein paar wundervolle Menschen vor.« Sie hakte sich bei Oliver unter und deutete zu ihren Freunden.

»Also ganz ehrlich«, er hielt sie kurz zurück. »Wenn ich das griesgrämige Gesicht von David sehe, hoffe ich, dass der Rest deiner Freunde mich freundlicher willkommen heißt.«

Sie lächelte ihm aufmunternd zu. »Das werden sie bestimmt. Und was David anbelangt, mach dir keine Sorgen. Spätestens um Mitternacht wird sich seine Laune verbessern. Sein Geburtstag ist für ihn der höchste Feiertag im ganzen Jahr und kommt noch vor der Scheunenweihnacht seiner Familie und der Nikolausfeier bei Vicky in der alten Mühle.

Ich verspreche dir, du wirst einen lustigen Abend haben.«

Leni legte ihr Geburtstagsgeschenk für David auf den Stapel mit den bunten Päckchen, die sich schon auf dem Gabentisch angesammelt hatten. Sie hatte ihren Namen nicht darauf notiert, doch sie war sich sicher, David würde sofort wissen, von wem die aufziehbare Ente war, die dieses nervtötende, quakende Geräusch machte.

Als sie Oliver ihren Freunden vorstellte, wurde er wie erwartet von allen sofort freundlich begrüßt und aufgenommen. Erst nachdem sie ihn ausführlich über sein Leben und seinen erst kürzlich stattgefundenen Umzug ausgefragt hatten, beschränkten sich alle zufrieden auf Small Talk. Zumal zwischenzeitlich die Band zu spielen begonnen hatte und es im Saal lauter geworden war.

»Hast du Leo irgendwo gesehen?« Vicky beugte sich zu Leni. »Er fehlt schon eine ganze Zeit lang.«

»David fehlt auch. Vermutlich haben sie jemanden an der Bar getroffen und die Zeit vergessen.« Leni winkte ab. Ihr war nicht entgangen, dass Leonard ein Nervenbündel war. Vermutlich lenkte David ihn von dem bevorstehenden Ereignis ab. Sie tippte auf Schnaps oder Beruhigungsmittel. Aber es war wohl doch eher eine Mischung aus beidem: ein Beruhigungsschnaps.

Ihr Blick glitt zu Ellen, die mit dem Kopf zur Uhr deutete und anschließend zur Tanzfläche.

»Wollen wir tanzen gehen?« Leni wartete keine Antwort ab, sondern zog Vicky und den überraschten Oliver mit sich. Ellen verabschiedete sich derweil kurzerhand an die Bar.

Ausgelassen tanzten die drei zur Musik, bis sich nach und nach Ellen, David und Leonard wieder zu ihnen gesellten und ebenfalls mittanzten.

Davids Blick war auf Lenis Ausschnitt gerichtet.

»Bisschen freizügig, findest du nicht?«

Sie hörte auf zu tanzen, legte den Kopf schief und grinste herausfordernd. »Du musst nicht hinschauen, wenn's dir nicht gefällt.«

In diesem Moment verdunkelte sich der Saal und die Musik stoppte. Der Lichtspot richtete sich auf eine Frau in der Mitte der Tanzfläche. Katja, die Leiterin der Frauentanzgruppe.

Zwei weitere Spots erstrahlten und waren auf Steffi und Sandra gerichtet – ebenfalls zwei Tänzerinnen.

Automatisch zogen sich alle Anwesenden von der Tanzfläche zurück. Leni spürte, wie David nach ihrer Hand griff und sie mit sich zog. Dieser Augenblick sollte nur Vicky und Leonard gehören.

Vicky
Die Musikkapelle begann zu spielen, und die beiden Tänzerinnen bewegten sich im Takt dazu. Nach und nach leuchteten immer mehr Lichter auf und noch mehr Frauen begannen zu tanzen.

»Das ist ein Flashmob. Leo, das ist ein Flashmob«, rief Vicky aufgeregt und drehte sich zu Leonard um, der nur skeptisch mit der Schulter zuckte.

Sie sah zu Jürgen, dem Juniorchef des Gasthauses, der nervös an der Bar stand und einen riesigen Strauß Rosen in der Hand hielt. Überrascht wandte sich Vicky an Ellen.

»Das gibt hundertprozentig einen Heiratsantrag. Sieh mal.« Sie deutete auf den jungen Mann. »Ich wusste überhaupt nicht, dass Jürgen eine Freundin hat.«

Ellen lächelte und zog die Schultern nach oben. »Das wusste ich auch nicht.«

Nun setzten auch Gäste in den Flashmob ein und Vicky war in ihrer Begeisterung nicht mehr zu bremsen. Strahlend stimmte sie in das rhythmische Klatschen zur Melodie des Bruno-Mars-Hits »Marry you« ein.

Die Menge teilte sich und plötzlich standen dort Leni und David, die von einer wunderschönen Nacht sangen, in der sie etwas Dummes tun wollten.

Jürgen setzte sich in Bewegung.

Noch ehe Vicky darüber nachdenken konnte, weshalb Leni und David ihr nichts von dem Flashmob erzählt hatten, überlegte sie, wem Jürgen wohl den Antrag machen würde.

Sie trat einen Schritt zur Seite, denn der vermeintliche Bräutigam würde jeden Augenblick an ihr vorbeigehen. Und für seinen großen Auftritt sollte er genügend Platz bekommen. Doch Jürgen schien plötzlich zu zögern.

Vicky war versucht, ihn zum Weitergehen zu ermutigen, da bemerkte sie, wie Leni und David sich schon auf den Weg machten, den Bräutigam in spe abzuholen.

Doch weshalb verharrten sie auf einmal vor ihr? Und weshalb sangen die beiden sie an? Unsicher griff Vicky hinter sich, um bei Leonard Halt zu suchen. Ihr Griff glitt jedoch ins Leere.

Leni zwinkerte ihr zu und deutete zu Leonard, woraufhin sich Vicky zu ihm umdrehte. Ihre große Liebe kniete vor ihr und sah sie erwartungsvoll an. Leonard hielt eine kleine, geöffnete Schatulle in der Hand und bekam von Jürgen den Rosenstrauß in die andere Hand gelegt.

Tränen brannten in Vickys Augen. Hatte Leonard das alles für sie inszeniert?

Die Musik wurde stetig leiser. Einzig die wunderschönen Stimmen von Leni und David waren noch zu hören, als sie mit den Worten endeten »We think he wanna marry you«.

»Vicky, ich liebe dich und …«

Ehe Leonard weitersprechen konnte, unterbrach ihn Vicky wortlos. Sie kniete sich zu ihm und sagte: »Mehr muss ich nicht wissen.«

»Erweist du mir die Ehre und wirst meine Frau?«

Sie nickte und Tränen rollten über ihre Wangen. Leonard beugte sich zu ihr und bevor er sie küsste, hörte er das erlösende »Ja«.

»She said yeah, yeah, yeah, yeah, yeah«, waren Lenis und Davids Stimmen wieder zu hören, woraufhin ohrenbetäubender Jubel ausbrach.

*

»Das hat doch prima geklappt.« Nachdem das Lied geendet hatte, blickte David schmunzelnd zu Leni, nahm ihr das Mikrofon ab und gab es einem Musiker der Tanzkapelle zurück.

»Ich freu mich so für die beiden. Ellen hat das alles super geplant.« Leni seufzte. »Das wünsche ich mir auch einmal.«

»Was? Dass Leo dir einen Antrag macht?«, neckte David sie.

»Nein, dass jemand so etwas Romantisches für mich macht. Ein Flashmob als Heiratsantrag, das ist schon klasse. Wobei ich auf einen Ring verzichten würde. Wenn mich der Kerl wirklich liebt, schenkt er mir besser eine Fender Strat.«

»Im Ernst? Eine Fender Strat? Eine E-Gitarre?«

»Eine Fender Strat«, bekräftigte sie ihren speziellen Wunsch erneut, hakte sich bei David unter und schlenderte mit ihm zurück an ihren Tisch. Als sie Gitta entdeckte und von ihren funkelnden Augen taxiert wurde, zog Leni abrupt ihren Arm zurück.

»Ich sehe mal nach, wo Oliver abgeblieben ist. Außerdem muss ich unserem Brautpaar noch gratulieren.« Hastig eilte sie davon. Alles war besser als die Gegenwart von »Miss …«

argh! Wie konnte sich David ausgerechnet in so ein kaltes und arrogantes Miststück verlieben? Was fand er nur an dieser hochnäsigen Schnepfe?

»Hey, wir haben dich schon gesucht.« Oliver schlenderte mit Ellen durch die Menge und hielt auf sie zu. »Übrigens«, er hob anklagend den Zeigefinger, »du hast mir nie erzählt, dass du so gut singen kannst.«

»Das stimmt nicht. Natürlich habe ich dir erzählt, dass ich gelegentlich singe.«

»Ja, schon. Aber ich dachte, du trällerst einfach nur gelegentlich unter der Dusche. Das hier war richtig professionell. Du hast eine unglaublich schöne Stimme und singst wundervoll. Der Auftritt war spitze. Und der Antrag war wirklich einfallsreich.«

Leni lachte und zog Ellen in ihre Arme. »Das haben wir allerdings Ellen zu verdanken. Der arme Leo war total überfordert, weshalb seine Schwester ihn unterstützte und sich um alles gekümmert hat.«

»Mein Kompliment.«

Ellens Wangen färbten sich augenblicklich rot, was Leni amüsiert zur Kenntnis nahm.

»Kann ich euch noch einmal kurz alleine lassen? Ich würde gerne …«, sie beendete ihren Satz nicht, deutete jedoch zu den Toiletten.

»Wir warten an der Bar.« Oliver lächelte und bedeutete Ellen voranzugehen.

Während Leni ihre Hände wenig später unter warmes Wasser hielt und Seife zwischen ihren Fingern verrieb, unterhielt sie sich mit Katja über die gelungene Showeinlage und über die gemeinsamen Vorbereitungen in der vergangenen Woche. Die Tür öffnete sich und Gitta betrat die Damentoilette, woraufhin Katja schon beinahe fluchtartig den Raum verließ.

»Wir sehen uns ja später noch«, flüsterte Katja Leni beiläufig zu, ehe sie verschwand.

Gitta öffnete ihre Handtasche und zauberte einen knallroten Lippenstift hervor. »Du hast dich heute aber ganz schön rausgeputzt. Ist der Kerl dein neuer Freund? Wenn ja, würde ich an deiner Stelle besser auf ihn aufpassen. So, wie ich es beobachtet habe, amüsiert er sich nämlich sehr gut mit meiner Schwägerin.«

Schwägerin. »Greifst du mit ›Schwägerin‹ nicht ein wenig vor? Soweit ich weiß, hat Vicky heute den Antrag bekommen und nicht du.« Leni zog an den Papierhandtüchern und trocknete sich die Hände ab. Was bildete sich diese Frau eigentlich ein?

»Meine Liebe, nur weil wir keinen so lächerlichen Affenzirkus veranstalten, heißt es noch lange nicht, dass David und ich nicht heiraten.« Triumphierend zog sie sich die Lippen nach.

Leni sah Gitta argwöhnisch an. »Was willst du damit sagen?«

»Na, ganz einfach: David und ich sprechen schon lange vom Heiraten. Die Hochzeit ist fürs nächste Jahr geplant. Hat er dir das etwa nicht erzählt? Er erzählt dir doch sonst immer alles.« Gitta ließ den Lippenstift wieder in ihrer Handtasche verschwinden, musterte Leni abschätzig und verließ die Toilette.

Leni fühlte sich wie benommen. David wollte heiraten?

Sie ging zurück in eine der Kabinen und knallte die Tür zu. Ihr Atem ging schnell, und sie wusste nicht, ob die Wut darüber, dass David ihr von seinen Zukunftsplänen nichts erzählt hatte, die Enttäuschung, dass er es ihr wohl absichtlich verschwiegen hatte, überwog. Beides traf sie mitten ins Herz und verletzte sie zutiefst.

Es dauerte eine gefühlte Ewigkeit, ehe sie sich wieder in der Verfassung sah, in den Saal zurückzukehren. Ihre Wangen glühten und ihre gute Laune war dahin. Sie sah traurig zur Tanzfläche, wo David mit Gitta tanzte.

Einzig der Blick auf Vicky, die sich verliebt mit Leonard im Takt bewegte, und Ellen, die mit Oliver tanzte, hielten sie davon ab, einfach davonzulaufen.

Sie öffnete ihr Portemonnaie, legte einen Zwanzig-Euro-Schein auf den Tresen und nahm sich dafür eine Flasche Wein. Jürgens Einwände, sie bekäme noch Rückgeld, ignorierte sie und schlich sich unbemerkt durch die Hintertür ins Freie.

Sie setzte sich auf die Stufen und öffnete den Drehverschluss der Flasche. Ein großer Schluck Rotwein rann ihr die Kehle hinab. Ein zweiter Schluck folgte. Dann ein dritter.

»Ich habe gesehen, dass du rausgegangen bist.« Oliver setzte sich zu ihr auf die Stufen. »Ist alles in Ordnung?«

Ein weiterer kräftiger Schluck aus der Rotweinflasche schien ihm Antwort genug auf seine Frage. »Also nein. Was ist passiert? Du warst eine ganze Weile verschwunden.«

»Ich habe gerade festgestellt, dass mein bester Freund ein hinterhältiger, verlogener und feiger Vollidiot ist. Oder wie sonst lässt es sich erklären, dass ich seine aktuellen Heiratsabsichten von seiner arroganten Braut erfahren musste und nicht von ihm.« Sie setzte die Flasche erneut an und trank einen großen Schluck.

»Such dir doch einen neuen besten Freund. Vielleicht findest du ja schneller einen, als dir lieb ist.« Tröstend legte er den Arm um sie. Er nahm ihr die Flasche ab und setzte sie an seine Lippen. »Ich bin zum Beispiel gar nicht so übel.«

»Ich bin froh, dass du das so siehst.« Sie tätschelte seine Hand. Er hatte ihr nicht nur angeboten, für sie da zu sein, er hatte ihr gleichzeitig bestätigt, dass er ebenso für sie empfand wie sie für ihn. »Ich habe dich nämlich wirklich gern.«

»Siehst du, mich hast du gern.« Er reichte ihr die Flasche. »Aber David liebst du.«

»Was? Tu ich nicht …«, rief sie entrüstet und ihr Herz begann aufgeregt zu schlagen. Womit hatte sie sich verraten? Niemand wusste es. Niemand!

Sie sah, wie er die Augen zusammenkniff und lächelte. Er hatte sie durchschaut. Er war der Erste, den sie nicht hatte täuschen können.

»… jedenfalls nicht mehr so, wie es schon war«, gab sie deshalb kleinlaut zu.

»Langsam kommen wir der Sache näher.«

*

»Fünf. Vier. Drei.«

David sah sich im Saal um. Alle seine Freunde hatten sich um ihn herum versammelt und zählten den Countdown zu seinem Geburtstag. Nur eine fehlte – Leni. Wo war sie nur abgeblieben? Er hatte doch gleich Geburtstag und sie war schon seit einer Ewigkeit verschwunden. *Oh nein.* Ihm fiel plötzlich auf, dass auch Oliver nirgends zu sehen war.

»Zwei.«

Dieses verdammte Kleid. Was hatte sich Leni nur dabei gedacht, sich so offenherzig zu kleiden? Warum musste sie ausgerechnet heute ihr Dekolleté zur Schau stellen. Natürlich musste Oliver darauf anspringen.

Wenn er ihr wehtun würde, dann … Seine Gedanken wurden unterbrochen, als der ganze Saal lautstark »Eins« rief und in ein Geburtstagsständchen einstimmte.

Gitta schlang besitzergreifend ihre Arme um ihn und wich nicht von seiner Seite, bis alle Gratulanten ihre Glückwünsche überbracht hatten. Anschließend schleppte sie ihn zur Tanzfläche. Doch so sehr sie sich auch bemühte, vermochte sie es nicht, seine Aufmerksamkeit auf sich zu lenken. Und dabei sah sie an diesem Abend atemberaubend aus in ihrem eng anliegenden Kleid und mit ihren aufreizend rot geschminkten Lippen.

Wieder einmal glitt sein Blick durch den Saal. Als er sah, wie Leni mit Oliver Hand in Hand und so vertraut durch die Hintertür wieder zurückkehrte, schnürte es ihm die Kehle zu. Ohne ein weiteres Wort überließ er Gitta sich selbst und ging auf die beiden zu.

»Komm, lass uns tanzen.« Seine Hand griff nach der von Leni. Er fasste jedoch ins Leere.

»Entschuldige bitte, aber ich bin schon vergeben.«

Lenis eisiger Blick und ihr frostiger Ton ließen ihm das Blut in den Adern gefrieren. War sie böse auf ihn? Er hatte doch nichts getan? Im Gegenteil. Sie hatte Oliver seinem Geburtstag vorgezogen. Er müsste eigentlich sauer sein. Noch dazu war sie betrunken und klammerte sich an diesen Blödmann. Verwirrt sah er ihr nach, als sie ihn stehen ließ und mit Oliver im Schlepptau auf die Tanzfläche zusteuerte.

*

»Respekt. Dem hast du es aber gezeigt.« Oliver stellte die leere Weinflasche auf einem freien Tisch ab und zog Leni auf das Parkett. »Jetzt werden wir dem Idioten mal zeigen, was er verpasst. Und du, meine Kleine,« er hob ihr Kinn an und sah ihr tief in die Augen, »wirst dich jetzt amüsieren und keinen Gedanken mehr an ihn verschwenden.«

Leni folgte Oliver auf die Tanzfläche, wo er den ganzen Abend nicht mehr von ihrer Seite wich und es nicht leid wurde, sie von ihren Gedanken an David abzulenken.

Niemals hätte sie gedacht, dass sie irgendjemandem von ihren Gefühlen für David erzählen würde. Und dann kam ihr ausgerechnet Oliver auf die Schliche. Nicht einmal Ellen wusste davon. Niemand wusste, wie viele Jahre sie schon heimlich in David verliebt war. Wie viele Stunden sie in ihr Kissen geheult hatte, wenn er wieder einmal eine neue Freundin hatte. Wie unerträglich es für sie war, ihn mit einer anderen zu sehen.

Damals war sie sich mit ihren Gefühlen blöd vorgekommen. Heute spielte es keine Rolle mehr. David war ihr bester Freund, nicht mehr. Sie wusste, wenn er es je erfahren würde, wäre nichts mehr wie früher. Deswegen hatte sie ihn lieber als Freund in ihrer Nähe, als ihn zu verlieren.

Also nein. Niemand wusste es – bis jetzt. Umso erleichterter fühlte sie sich, ihr Geheimnis nun endlich mit jemandem teilen zu können.

Oliver war sensibel und schien sofort zu spüren, wenn sie mit ihren Gedanken abschweifte. Unaufhörlich lenkte er sie ab. Wenn er sich nicht mit ihr auf der Tanzfläche drehte, dann reichte er ihr ein alkoholisches Getränk nach dem anderen. Irgendwann konnte sie nicht mehr beurteilen, was den größeren Anteil zum Karussell in ihrem Kopf beitrug.

Als Oliver Leni kurz allein ließ, bemerkte sie, wie David zielgerichtet auf sie zukam. Doch noch ehe sie die Flucht ergreifen konnte, stand er schon neben ihr und zog sie an sich. Er ignorierte ihren Widerspruch und begann, mit ihr zu tanzen.

»Wo ist denn der Heini abgeblieben?«

Vermutlich wollte David sie nur necken, doch Lenis Miene verfinsterte sich augenblicklich und sie blieb stocksteif stehen.

»Entschuldige, war nicht so gemeint. Du bist heute aber auch empfindlich.« David drückte sie versöhnlich an sich, doch sie stieß ihn weg. Verwirrt sah er sie an. »Was ist eigentlich los mit dir? Habe ich dir irgendetwas getan? Wenn ja, verrätst du mir wenigstens, was ich verbrochen habe?«

Leni spürte, wie ihr Herz zu flattern begann. »Ich weiß nicht, vielleicht fragst du am besten mal deine Verlobte.«

»Meine Verlobte?«

Davids Stimme klang irritiert.

»Übrigens, meinen herzlichsten Glückwunsch.« Leni blinzelte eine Träne aus ihrem Augenwinkel, ehe David sie bemerken konnte. Ohne einen weiteren Kommentar ließ sie ihn stehen und flüchtete auf wackligen Beinen zu Oliver an die Bar, der sofort bemerkte, dass etwas passiert sein musste, und sie tröstend in den Arm nahm.

*

David kochte vor Wut. Was war nur in Leni gefahren? Sie führte sich auf wie ein bockiges Kind.

»Liebling«, flüsterte ihm Gitta zu und strich ihm über den Rücken. »Bringst du mich nach Hause?«

Sie küsste seinen Hals und er wusste, dass sie wieder einmal einen Abdruck ihres roten Lippenstiftes dort hinterlassen hatte. »Wir könnten deinen Geburtstag alleine weiterfeiern. Nur du und ich.«

Er sagte nichts, sondern marschierte wie ferngesteuert zum Ausgang, sodass Gitta Mühe hatte, mit ihm Schritt zu halten.

»Möchtest du dich denn nicht wenigstens von den anderen verabschieden?«, fragte sie ihn verwundert.

»Nein.« Seine Antwort war beinahe tonlos.

Die dreißigminütige Fahrt zu Gittas Wohnung verlief äußerst ruhig. Zum einen, weil er Gitta nicht viel zu sagen hatte. Zum anderen, weil seine Freundin die ganze Fahrt über ihr Smartphone in der Hand hielt und sich über sämtliche Social-Media-Kanäle mit Leuten austauschte, die er nicht kannte.

Als David seinen Wagen in Gittas Hofeinfahrt parkte, konnte er sich nicht mehr länger zurückhalten und es platzte förmlich aus ihm heraus. »Weshalb hast du Leni gesagt, wir seien verlobt?«

»Ich habe nie behauptet, wir seien verlobt«, gab sich Gitta entrüstet. »Was lügt sich dieses kleine Miststück denn jetzt schon wieder zusammen.«

»Sie ist kein Miststück.« Davids Stimme war laut geworden. Wie konnte Gitta es wagen, so herablassend über Leni zu sprechen. »Sie ist meine beste Freundin und hat keinen Grund, mich anzulügen.«

»Ach nein?«, fragte Gitta schnippisch.

»Nein.«

»Deine kleine Freundin hasst mich. Sie würde alles tun oder sagen, um einen Keil zwischen uns zu treiben.« Aufgebracht zerrte sie am Sicherheitsgurt.

»Das würde sie nie tun, und ich frage dich jetzt nur noch einmal. Hast du ihr gesagt, wir seien verlobt?«

»Ich habe nur erwähnt, dass wir auch schon übers Heiraten gesprochen haben.« Ihr Ton wurde plötzlich zuckersüß.

»Und das ist keine Lüge.« Ihre Lippen streiften aufreizend die seinen. »Jetzt, da sie endlich auch einen Freund hat, wird sie vielleicht aufhören, sich in unsere Beziehung einzumischen, und sich um ihr eigenes Leben kümmern.«

»Die beiden sind kein Paar.« Leni hätte es ihm gesagt, wenn sie und Oliver zusammen wären.

»Dann bist du nicht richtig informiert, Liebling. Ich dachte, du und Leni redet ständig über alles. Seltsam, dass sie dir dann ausgerechnet das nicht erzählt hat.« Sie löste sich von ihm und stieg aus. Als David im Wagen sitzen blieb, beugte sie sich zu ihm hinunter. »Willst du nicht mit reinkommen?«

»Nein. Ich muss noch etwas erledigen.«

Als David wieder zum Fest zurückkehrte, waren Leni und Oliver unschwer auszumachen. Es waren nur noch wenige Gäste im Saal, und die beiden saßen inmitten einer illustren Gruppe Halbstarker, die sich an Lenis Ausschnitt ergötzten. Seine Freundin saß auf Olivers Schoß und schien keine Notiz von den gierigen Blicken zu nehmen, während sie mit den noch anwesenden Herren die sinnvolle Investition des Kapitals in den Immobilienmarkt diskutierte.

»Na, wenn das mal nicht unser Geburtstagskind ist«, posaunte sie lautstark los, als sie ihn entdeckte.

David sah sie alarmiert an. So angetrunken hatte er seine beste Freundin schon lange nicht mehr erlebt.

»Komm her und trink etwas mit uns!«

»Meinst du nicht, dass du für heute genug hast?«, fragte er nach, während er sich argwöhnisch umsah.

Es brodelte gewaltig in ihm. Am liebsten hätte er sich Leni geschnappt und sie vor den lüsternen Blicken der Meute in Sicherheit gebracht. Da er ihr und auch sich selbst diese Szene ersparen wollte, ging er mit ein paar wenigen großen Schritten zu ihr und legte seine Jacke um ihre Schultern.

»Ich bringe dich nach Hause.« Er war selbst überrascht, wie unnachgiebig seine Stimme klang.

Leni verzog ihren Mund zu einer Schnute und blickte zu ihm auf. »Ich will aber noch nicht gehen.«

Doch David hatte schon ihre Hand gegriffen und zog sie auf. »Morgen wirst du mir dafür dankbar sein.«

»Was ist mit Oliver?«, warf sie ein.

Erst jetzt fiel David auf, dass Oliver eingeschlafen war.

»Wir können ihn doch nicht hier zurücklassen.«

»Er ist ein großer Junge und wird schon irgendwie nach Hause kommen.«

»David.« Trotzig stampfte Leni auf und verschränkte ihre Arme vor der Brust, wodurch ihr seine Jacke von den Schultern glitt.

Genervt bückte er sich danach und forderte sie auf, die Jacke wieder überzuziehen. »Wenn es unbedingt sein muss, nehmen wir ihn eben mit. Weißt du, wo er wohnt?«

»Er kann bei mir übernachten.«

Sie wollte schon weitergehen, als David sie am Arm festhielt. »Das wird er sicherlich nicht.«

Leni riss ihren Arm los und funkelte ihn wütend an. »Dann frag ihn selber.« Ohne auf ihn zu warten, stapfte sie davon.

»Warte am Wagen.« Da sie ihn und seine Worte vollkommen ignorierte, bewahrheitete sich seine Befürchtung wenige Minuten später, als er den Parkplatz betrat. Von Leni war weit und breit keine Spur.

David hatte Oliver bei sich eingehakt und führte ihn zu seinem Auto. Jetzt wollte er Leni schon den Gefallen tun und sich um ihren betrunkenen Liebsten kümmern, und sie machte sich sang- und klanglos davon.

»Isch wüll ins Bett«, lallte Oliver vor sich hin.

»Ist ja gut. Wenn du mir sagst, wo du wohnst, bringe ich dich nach Hause.« David öffnete die Wagentür, woraufhin ihm Oliver ohne ein weiteres Wort seine Geldbörse in die Hand drückte.

Es kostete David einige Anstrengung, aber schließlich verhalf er seinem betrunkenen Fahrgast zu einer angenehmen Schlafposition auf der Rücksitzbank. Erschöpft lehnte er sich gegen den Wagen und begann, die Geldbörse nach Anhaltspunkten zu Olivers Adresse zu durchsuchen. Dabei fiel ihm eine Fotografie in die Hände, die eine Blondine mit zwei kleinen Kindern zeigte. Er drehte das Bild um. »Wir lieben Dich« stand auf der Rückseite.

David drehte sich der Magen um. Dieser Mistkerl hatte wirklich eine Familie! Am liebsten hätte er ihn auf der Stelle … argh! Wie konnte Oliver Leni das nur antun und sie so an der Nase herumführen?

Wütend knallte er die Tür zu, sodass Oliver erschrocken zusammenzuckte. Er raufte sich die Haare und setzte sich dann hinters Steuer, um Leni zu suchen.

Sie konnte noch nicht weit gekommen sein, und tatsächlich entdeckte er sie bereits zwei Straßen weiter. Ihre Schuhe hatte sie mittlerweile ausgezogen und ließ sie an den Riemchen von ihren Fingern baumeln. Hätte ihn das Wissen um Olivers Verrat an ihr nicht derart aufgewühlt, hätte er der Situation durchaus etwas Belustigendes abgewinnen können. Doch so hielt er einfach neben ihr an. Er stieg aus, öffnete ihr die Tür und sie stieg ohne ein Widerwort ein.

Nachdem sie losgefahren waren, reichte er ihr die Geldbörse und konnte sich eines Vorwurfs nicht erwehren. »Ich habe dich vor dem Schnösel gewarnt.«

Sie blickte müde auf das Portemonnaie in ihren Händen.

»Er hat eine Frau und zwei Kinder«, platzte es aus David heraus. Da Leni keinerlei Regung zeigte, war er irritiert. »Sagst du etwa nichts dazu?«

»Ich kenne das Foto.« Sie warf ihm die Geldbörse zurück in den Schoß.

»Du wusstest es also die ganze Zeit?«

»Das ist seine Schwester Claudia und seine beiden Neffen Finn und Erik. Das Foto ist ein Andenken, weil er wegen seines Jobs wegziehen musste. Bist du jetzt zufrieden?« Sie bedachte ihn mit einem vorwurfsvollen Blick, ehe sie sich umdrehte und die Augen schloss.

Natürlich war er erleichtert. Schließlich wusste er nun, dass Oliver ihr tatsächlich nichts vormachte und seine Freundin nicht hinterging. Oder war er etwa nicht zufrieden? Immerhin hätte er dann einen Grund gehabt, ihn vor ihr schlechtzumachen, und sie hätte ihn hoffentlich in die Wüste geschickt. Aber weshalb sollte er das wollen?

Sollte er sich nicht besser auf die Straße konzentrieren, als sich mit abstrusen Gedanken auseinanderzusetzen? Sollte er Leni nicht besser zuerst nach Hause bringen, anstatt sie unnötigerweise mit auf die Fahrt in den zehn Kilometer entfernten Nachbarort mitzunehmen?

Oliver nach Hause zu bringen, stellte sich als weniger schwierig heraus, als David befürchtet hatte. Nachdem er seinen Fahrgast endlich wach bekommen hatte, stieg Oliver ohne ein weiteres Zutun aus und bedankte sich sogar bei David. David half ihm noch ins Haus, doch als sich die Tür schloss, war er froh, den Kerl endlich los zu sein.

*

»Wir sind da.«

Leni öffnete widerwillig die Augen, als sie Davids Stimme hörte. Sie sah müde aus dem Fenster und entdeckte ihr kleines Haus, das sie ein paar Jahre zuvor gekauft hatte. Ohne ein Wort zu sagen, öffnete sie die Wagentür und stieg aus. Zugleich bedauerte sie es, das letzte Glas Wein getrunken zu haben. Das kurze Nickerchen hatte ihr zwar gutgetan, doch täuschte es nicht darüber hinweg, dass sie an diesem Abend zu tief ins Glas geblickt hatte. Der Weg zu ihrer Haustür erschien ihr unendlich lang und sie verharrte kurz, um genügend Kraft zu tanken. Sie bemerkte, wie David Anstalten machte, sie zu stützen, und winkte ab.

»Lass das. Ich bin kein kleines Kind mehr.«

In dem Augenblick, in dem sie die Worte aussprach, wusste sie, wie sehr sie ihn damit traf. Doch er hatte sie schließlich auch verletzt.

Schweigend gingen sie zum Haus, wo David ihr den Schlüssel abnahm. Er steckte ihn ins Schloss und drehte ihn um. Die alte hölzerne Tür sprang auf und knarrte im vertrauten Ton.

Leni öffnete zeitgleich Davids Jacke und gab sie ihm zurück. »Danke.«

»Bist du mir böse?«, fragte er sie betroffen.

»Natürlich bin ich dir böse. Du hättest mir das mit Gitta und dir sagen müssen. Manchmal kannst du ein echter Idiot sein.« Betretenes Schweigen lag zwischen ihnen und Leni konnte nicht anders, als einen Schritt auf ihren besten Freund zuzugehen. »Aber ich hab dich trotzdem lieb. Happy Birthday, David, und gute Nacht.« Sie stellte sich auf ihre Zehenspitzen, um ihn auf die Wange zu küssen. Aus dem Nichts drehte er plötzlich seinen Kopf und anstatt seiner Wange spürte sie seine Lippen auf ihren.

Oh nein. Hatte sie ihn tatsächlich gerade auf den Mund geküsst? Sofort setzte sie zu einer Entschuldigung an, als ihre Lippen sich erneut trafen. Nur dieses Mal nicht so zaghaft wie zuvor.

Was geschah hier gerade? Sie spürte Davids warme Lippen, die ihren Mund unaufhörlich küssten und liebkosten. Seine Arme, die er um sie schlang, und seinen Körper, der sich verlangend an sie presste. So viele Jahre hatte sie sich immer wieder vorgestellt, wie es sein würde, von ihm geküsst zu werden. Jetzt, da sie es wusste, war die Realität ihrer Fantasie meilenweit voraus. Er raubte ihr den Verstand, ihre Sinne, ihr Herz. Und schlagartig wurde ihr bewusst, dass dieser Augenblick von nun an immer zwischen ihnen und ihrer Freundschaft stehen würde. Es sei denn …

Leni wappnete sich innerlich. Sie lehnte sich zurück und stemmte ihre Hände gegen seine Schultern. Mit einem leisen »Ups« kommentierte sie die Situation, ehe sie ins Haus ging und die Tür hinter sich schloss.

Verwirrt lehnte sie sich gegen die Wand und ließ sich zu Boden sinken. Was war hier gerade geschehen? Hatte sie tatsächlich ihren besten Freund geküsst? Ausgerechnet ihn?

Ihn, der ihr jahrelang im Kopf herumspukte und von dem sie wusste, dass er nie mehr als eine Freundin in ihr sehen würde. Ihn, von dem sie wusste, sie würden nie ein Paar? Ihn, den sie lieber als Freund in ihrem Leben hatte als überhaupt nicht? Ihn, der Gitta heiraten würde! Ihn, der sie damit zutiefst getroffen hatte. Ihn, der ihr nichts davon erzählt und sie damit unendlich verletzt hatte.

Sie hörte, wie David den Wagen startete und losfuhr.

Sie blieb allein zurück. Verwirrt, irritiert und erfolglos in dem Versuch, die Tränen, die über sie hereinbrachen, wegzublinzeln.

*

David parkte seinen Wagen am Seiteneingang des Gutshauses. Alles war dunkel. Er zog den Schlüssel aus dem Zündschloss und lehnte sich zurück.

Was für ein verrückter Abend!

Das Fest.

Die Verlobung.

Sein Geburtstag.

Das Verrückteste an dem Abend war jedoch sein unerwarteter Ausgang. Er hatte Leni geküsst. Er hatte seine beste Freundin geküsst, die noch dazu betrunken war. Wie hatte er das nur tun können?

War er eifersüchtig, weil es plötzlich einen anderen Mann in ihrem Leben gab? Natürlich. Aber er wollte Lenis Glück doch nicht im Wege stehen. In seinem Leben gab es schließlich auch jemanden – Gitta.

Wem machte er eigentlich etwas vor? Leni hatte ihn an diesem Abend verzaubert. Sie sah atemberaubend aus. Das rote Kleid stand ihr ausgezeichnet, und zum ersten Mal hatte er erkannt, dass seine kleine, unschuldige Freundin auch Kurven besaß. Hatte ihn das so durcheinandergebracht und ihn so irritiert? Oder war es die Angst, sie an einen anderen zu verlieren?

Egal, was der Grund war, diesen Kuss und Lenis weiche Lippen würde er in seinem ganzen Leben nie mehr vergessen.

VIER

Leni lag in ihrem Bett. Sie blickte auf das Smartphone neben sich, das wenige Sekunden zuvor mit einem Klingeln das Eintreffen einer neuen Nachricht angekündigt hatte. Ihr Kopf pochte unerträglich. Ebenso wie ihr Herz. Denn sie ahnte bereits, wer der Absender der Nachricht war. Zögernd griff sie danach und las: »*Können wir reden?*«

Sie wollte nicht mit David reden. Vermutlich würde sie ihm nie mehr unter die Augen treten können. Sie hatte ihn geküsst. Sie hatte ihn geküsst und damit alles kaputt gemacht. Wie blöd war sie eigentlich? Sie musste ihm antworten, denn er hatte gesehen, dass sie seine Nachricht gelesen hatte.

Leni: »*Können wir das auf später verschieben? Mir geht es nicht sonderlich gut.*«

Augenblicklich durchzuckte sie ein Geistesblitz. Sie würde einfach einen Blackout vortäuschen, in der Hoffnung, dadurch tatsächlich alles zu vergessen.

Leni: »*Hast du eine Ahnung, wie ich nach Hause gekommen bin?*«

David: »*Ich habe dich nach Hause gebracht. Also ich und eine hässliche gelbe Ente, die schreckliche Geräusche macht.«*

Leni: *»Vielen Dank, mein Freund. Du hast was gut bei mir.«*

Traurig legte sie das Telefon zur Seite und vergrub sich in ihrem Bett, das sie erst am Nachmittag wieder verließ. Eine Kopfschmerztablette und eine heiße Dusche später fühlte sie sich endlich besser. Sie wollte sich gerade einen Tee aufbrühen, als es an der Haustür klingelte und sie vor Schreck den Teebeutel fallen ließ. Sie hoffte inständig, dass es nicht David war. Und ihre Hoffnung wurde nicht enttäuscht. Es war Oliver, der vor ihrer Tür stand und sie fragend anblickte.

»Du hast nicht zufällig eine Ahnung, wie ich nach Hause gekommen bin?« Er beugte sich zu ihr und küsste sie zur Begrüßung auf die Wange.

Und wieder einmal: keine Flugzeuge. Keine Schmetterlinge. Kein Kribbeln.

»Der Miesepeter hat dich nach Haus gefahren.« Leni trat einen Schritt zur Seite und bat ihn, hereinzukommen. »Ich wollte mir gerade einen Tee aufbrühen. Möchtest du auch einen?«

Er rümpfte zerknirscht die Nase und strich sich über den Bauch. »Gerne. Du hast hoffentlich etwas, das dem Magen guttut? Und vielleicht eine Kopfschmerztablette?«

»Ich bringe dir gleich eine. Setz dich doch.«

Oliver beobachtete Leni, während sie in der Küche werkelte. »Feierst du öfter solche Partys? Dir scheint das Ganze nichts ausgemacht zu haben. Du siehst jedenfalls aus wie das blühende Leben.«

»Wenn man so will, habe ich mich heute Nacht noch ausgenüchtert.« Sie reichte ihm ein Glas Wasser und eine Tablette. Dann setzte sie sich ihm gegenüber auf das Sofa.

»Das hört sich ganz so an, als ob ich etwas verpasst hätte«, mutmaßte Oliver.

Sein fragender Blick war zu viel für Leni. Sie schlug die Hände vors Gesicht und schüttelte unablässig den Kopf. »Ich bin so blöd. So blöd. So blöd.«

»Lass mich raten. Der Miesepeter hat nicht nur mich nach Hause gefahren?« Während er die Kopfschmerztablette auf seine Zunge legte und mit einem kräftigen Schluck Wasser hinunterspülte, beobachtete er, wie Leni, ohne aufzusehen, geknickt den Kopf schüttelte.

»Hattet ihr noch Streit?«, fragte er mitfühlend.

»Nein.« Sie lehnte sich erschöpft und verwirrt zurück. »Schlimmer.«

»Schlimmer?« Oliver grinste. »Hattet ihr etwa Sex?«

»Was?«, rief Leni entrüstet und riss die Augen auf. »Natürlich nicht.«

»Aber?«

»Wir haben uns geküsst.« Sie zog ein Sofakissen zu sich und drückte es sich auf ihr glühendrotes Gesicht. »Ich bin so blöd«, war gedämpft durch das Kissen zu hören.

»Hat er dich geküsst oder du ihn?«

Lenis Herz begann aufgeregt zu hämmern, als sie versuchte, sich daran zu erinnern. Wie oft hatte sie die Szene in den vergangenen Stunden schon vor ihrem inneren Auge abgespielt, doch sie konnte nicht mehr sagen, ob sie tatsächlich seine Wange verfehlt oder er den Kopf gedreht hatte. Eigentlich war sie sich sicher, dass er sie geküsst hatte – aber sie musste sich täuschen. Es musste die erste Variante sein. David hätte sie niemals einfach so geküsst.

Sie ließ das Kissen sinken und sah Oliver ernst an. »Ich vermute mal, ich habe ihn geküsst.«

»Oh, oh. Und jetzt?«

»Jetzt warte ich, bis sich ein großes Loch auftut, in dem ich verschwinden kann.«

»Was sagt er dazu? Hast du schon mit ihm gesprochen?«

»Nein. Er wollte reden, aber ich habe ihm vorgeschwindelt, einen Blackout zu haben – so wie du.«

»Aber rede doch wenigstens mit ihm. Leni, du liebst den Kerl schon seit dem Sandkasten. Vielleicht ist da ja doch mehr.« Er trank einen weiteren Schluck Wasser und presste die Hand gegen seine Schläfe. »Er wirkte jedenfalls eifersüchtig.«

»Das ist nur sein ausgeprägter Beschützerinstinkt, wenn es um seine Mutter, seine Schwester, Vicky oder mich geht. Außerdem wird er Gitta heiraten, schon vergessen?«

Oliver schien sich mit ihrer Antwort nicht zufriedenzugeben, deshalb erklärte sie weiter: »Ich kenne ihn schon mein ganzes Leben. Ich weiß, wie er ist. Er ist mein bester Freund. Niemand kennt ihn so gut wie ich – nicht einmal seine Geschwister. Und ich weiß auch, auf welchen Typ Frau er steht, und dazu zähle nun mal nicht ich, sondern Gitta. Ich habe sehr lange gebraucht, um das zu verstehen und mich damit zu arrangieren. Der Kuss würde immer zwischen uns stehen.«

»Und was wirst du stattdessen machen?«

Sie sackte noch weiter in sich zusammen. »Ihm aus dem Weg gehen. Wenigstens so lange, bis Gras über die Sache gewachsen ist.«

Oliver schien wenig begeistert von ihrem vermeintlichen Plan, bewertete ihn jedoch nicht, was Leni mehr als zu schätzen wusste. Er war wirklich ein toller Kerl. Schade nur, dass es zwischen ihnen nicht funkte.

Nachdem Oliver und sie noch eine Weile geplaudert hatten, verabschiedete er sich zwei Stunden später von ihr.

Sie standen gerade unter der Haustür und überlegten, wann sie am darauffolgenden Wochenende zu ihrem Ausflug in die neu eröffnete Therme starten sollten, als er sie unerwartet in seine Arme zog und zu flüstern begann. »Miesepeter ist gerade gelandet.«

»Was?« Sie sah ihn verständnislos an.

»David fährt gerade die Straße entlang«, klärte Oliver sie auf.

»Shit.« Leni klang ebenso verzweifelt, wie sie aussah. »Was mach ich jetzt nur? Du kannst jetzt nicht gehen und mich mit ihm alleine lassen.« Sie krallte ihre Finger in sein Hemd. »Bitte.«

»Ich hoffe, du verzeihst mir, denn ich werde dich jetzt küssen.« Mit einem Lächeln zog er sie enger an sich und legte seine Lippen auf ihre.

»Ist er noch da?«, presste Leni irgendwann zwischen ihren Lippen hervor.

»Ich glaube, er fährt gerade wieder weg.« Oliver drehte sich mit ihr und löste wenig später seinen Mund von ihrem. »Er ist weg.«

»Danke.« Leni atmete erleichtert auf.

Oliver sah sie an und grinste. »Meinst du nicht, der Kuss wird jetzt ewig zwischen uns stehen.«

Leni gab ein gespielt entrüstetes »Hey« von sich und stieß ihn gegen den Oberarm. Dieser Kuss würde niemals zwischen ihnen stehen. Oliver hatte ihr lediglich aus einer Verlegenheit geholfen und gleichzeitig noch einmal bewiesen, dass sie nur zur Freundschaft geschaffen waren.

*

»Du bist aber schnell wieder zurück.« Marianne Hofer blickte ihrem schlecht gelaunten Sohn hinterher, der den Teller mit den drei Stücken der Geburtstagstorte, die sie kurz zuvor für Leni abgeschnitten hatte, wieder zurück in die Küche trug.

»War Leni nicht zu Hause?«

»Nein.« Als er die Küche betrat, blickte er noch einmal zurück. Seine Mutter war ihm aber Gott sei Dank nicht gefolgt, denn am liebsten hätte er den Teller mit voller Wucht gegen die Wand gedonnert, so wütend war er.

Er hatte mit ansehen müssen, wie Leni sich von dem Schnösel hatte küssen lassen. Dabei standen die beiden an exakt derselben Stelle, an der auch er sie in der Nacht zuvor geküsst hatte.

Was war nur los mit ihm? War er wütend auf Leni, weil sie mit ihrem neuen Freund herumknutschte? Oder auf Oliver, der gesehen haben musste, dass er genau in diesem Augenblick die Straße entlanggefahren kam? Hatte der Kerl ihn vielleicht nur provozieren wollen? Wenn ja, hatte er es definitiv geschafft.

Aufgebracht stemmte er sich gegen die Arbeitsplatte, als er begriff, dass er wütend auf sich selbst war. Er hatte Leni, seine beste Freundin und seine engste Vertraute, geküsst. Und anstatt sich bei ihr zu entschuldigen, stand er nun hilflos da und konnte sich der Bilder der vergangenen Nacht nicht erwehren. Allein für die Gedanken, die ihm kurzzeitig in den Sinn gekommen waren und die nicht bei ihrem »Ups« geendet hätten, wäre eine Entschuldigung angebracht.

Die Situation überforderte ihn völlig, denn eines durfte er nicht vergessen: Leni zu küssen, war das eine. Doch wie rechtfertigte er sein Verhalten gegenüber Gitta? Sollte er es überhaupt zur Sprache bringen?

Er atmete tief ein und stöhnte.

*

Es folgten acht lange Wochen, in denen David Leni weder sah, noch mit ihr sprach. Selbst auf seine Nachrichten reagierte sie verhalten. Jedes Mal, wenn er sich mit ihr treffen wollte, bekam er zu hören, wie beschäftigt sie sei, wie stressig es im Büro war oder dass sie sich schon mit Oliver verabredet hätte. Auch seine Besuche blieben erfolglos, denn er stand regelmäßig vor einer verschlossenen Tür. Wobei er sich einmal ziemlich sicher war, dass sie zu Hause sein musste, da sowohl ihr Auto als auch ihr Fahrrad vor der Tür parkten. Zudem meinte er, einen Schatten durch den kleinen Milchglasausschnitt in der Haustür gesehen zu haben.

Bis der Herbst Einzug hielt, hatte er sie insgesamt nur dreimal gesehen. Einmal bei Vicky in der alten Mühle. Einmal sah er sie am Waldrand joggen und einmal überquerte er vor ihr die Straße. Doch anstatt ihren Wagen für einen Plausch anzuhalten, winkte sie ihm nur kurz zu und fuhr weiter.

Der Herbst rückte näher und somit auch Leonards Geburtstag. Spätestens dann würde er sie wiedersehen und sie in Beschlag nehmen. Er würde ihr einfach alles erzählen, was sich in den letzten Monaten in seinem Leben ereignet hatte. Ob es wichtig oder unwichtig war. So wie früher. Und er hoffte darauf, dass sie es ihm dann gleichtun würde. Er vermisste sie. Ehrlich und aufrichtig.

*

In der alten Mühle herrschte reger Tumult, nachdem Vicky Leonard mit einer Geburtstagstorte überrascht hatte und sich alle Gäste augenblicklich darauf stürzten. Einzig Leni hielt sich zurück. Ihr Weg zur Torte hätte automatisch an David und Gitta vorbeigeführt und darauf konnte sie getrost verzichten. Außerdem war die kunstvoll verzierte »Cookie«-Torte so groß, dass später noch genügend für sie übrig sein müsste.

Für Leni glich der Abend dem reinsten Spießrutenlauf. Sobald sie das Gefühl hatte, David würde sich ihr nähern, nahm sie geradezu Reißaus und flüchtete in die entgegengesetzte Richtung, bis irgendwann ein Aufeinandertreffen nicht mehr zu vermeiden war. Ihr Gespräch verlief stockend und ihr Verhalten war als durchweg distanziert und unsicher zu bezeichnen, was ihrer Familie und ihren Freunden wohl ebenfalls nicht entging.

»Hattet ihr Zoff?«, flüsterte Ellen ihr beiläufig zu.

»Wer?«, fragte Leni unschuldig.

»Na, du und David.«

»Nein«, sie winkte ab. »Ich möchte nur zwischendurch auch mal mit meinen anderen Freunden reden. Mit David kann ich immer reden.«

»Ach ja? Und wann habt ihr das letzte Mal miteinander gesprochen.«

Leni schluckte. Ellen hatte den Nagel auf den Kopf getroffen. Dennoch wollte sie nicht mit ihrer Freundin darüber reden und war froh, als Leonard ihr unwissentlich aus der Verlegenheit half, indem er sie zu sich winkte und Leni so die passende Gelegenheit bot, sich dem Verhör zu entziehen.

»Ellen, entschuldigst du mich bitte kurz? Das Geburtstagskind verlangt nach mir.«

Leonard war wirklich ihre Rettung in letzter Sekunde. Was hätte sie Ellen sonst sagen sollen? Womöglich die Wahrheit?

Dass ausgerechnet sie betrunken über ihren Bruder hergefallen war? Nun ja, sie war zwar nicht über ihn hergefallen, aber dieser Kuss war ihr unendlich peinlich. Es sollten nicht alle wissen, dass sie ihre Gefühle für David nicht im Griff hatte.

Ihr Freund wartete bereits unter dem Türrahmen des Gastraumes und drehte zwei Zigarren in seiner Hand. Er zwinkerte ihr verschwörerisch zu und sie verschwanden kurz darauf gemeinsam durch die Hintertür ins Freie.

Es war frisch draußen und sie schlang schützend die Arme um ihren Körper, während sie Leonard dabei beobachtete, wie er fachmännisch die Zigarrenspitzen abschnitt und eine an sie weiterreichte.

»Ein bisschen frostig heute. Findest du nicht?« Sein vielsagender Blick ließ Leni wissen, dass er seine Feststellung nicht auf die mittlerweile kühler werdenden Nächte bezog, sondern auf ihr Verhältnis zu seinem Bruder.

»So ist das eben in dieser Jahreszeit. Aber irgendwann wird es auch wieder Frühling«, Leni ging mit ihren wohlüberlegten Worten über seine Anspielung hinweg.

»Mhm«, brummte er zufrieden und bot ihr Feuer an.

Dankbar darüber, dass er die Situation zwischen David und ihr nicht weiter hinterfragte, standen sie nebeneinander und begannen über Gott und die Welt zu reden. Es war beinahe wie früher, doch einer der Hofer-Brüder fehlte. Normalerweise war es ein eingeschworenes Ritual, dass sie sich bei besonderen Anlässen zu dritt wegstahlen, um gemeinsam eine Zigarre zu rauchen. Nun ja, sie rauchten sie ja nicht … Sie genossen vielmehr die gemeinsame Zeit.

»Habt ihr eigentlich schon einen Termin für die Hochzeit?«, erkundigte sich Leni bei Leonard.

»Ja. Der 4. Mai. Wir werden auf dem Gut heiraten. Aber

verrate es niemandem. Du bist die Einzige, die es jetzt weiß.«

Leni hätte nie gedacht, dass Leonard zu derart kindlicher Freude fähig war. Aber er strahlte übers ganze Gesicht, als ob er alleine im Süßigkeitenland zurückgelassen worden wäre.

»Eine Frühlingshochzeit, wie schön.«

»Sollen wir dich gleich mit zwei Personen vormerken?« Er neckte sie ein wenig. »Vicky erzählte mir, dass du dich immer noch mit Oliver triffst.«

Hinter ihnen war plötzlich ein lautstarkes Räuspern zu vernehmen.

»Störe ich?«

Als Leni Davids Stimme hörte, begann ihr Herz automatisch, wild in ihrer Brust zu hämmern. *Verflucht!* Verdammte Flugzeuge. Blöde Schmetterlinge. Doofes Kribbeln.

»Komm zu uns, kleiner Bruder.« Mit einer einladenden Geste forderte Leonard David auf, näher zu kommen. »Wir reden gerade über Lenis Liebesleben.«

»Gar nicht wahr«, gab sie entrüstet von sich. »Wir reden über deine Hochzeit.«

»Ist dir das Geld ausgegangen oder weshalb reicht es nur noch für zwei Zigarren?«, mischte sich David ein und ließ keinen Zweifel daran, dass er das Thema um Lenis Liebesleben nicht vertiefen wollte.

»Gitta hat mir verboten, dich weiterhin mit Zigarren zu versorgen.« Dennoch zog Leonard einen weiteren Glimmstängel aus seiner Hosentasche und hielt ihn David unter die Nase.

»Dann gibst du sie mir besser nicht.« Er deutete zur Tür. »Ach ja, ehe ich es vergesse: Vicky sucht nach dir.« Ohne Umschweife griff David nach Leonards brennender Zigarre. »Deshalb wirst du die hier vermutlich nicht mehr brauchen.«

Er steckte die Zigarre in den Mund, paffte ein paar Züge und blies den Rauch in Leonards Richtung.

»Du weißt hoffentlich, dass ich dir das nur Vicky zuliebe durchgehen lasse. Ich bin gleich wieder zurück und ihr beiden macht solange keine Dummheiten. Verstanden?«

»Wir werden uns die größte Mühe geben«, bemerkte David, ehe Leonard in der alten Mühle verschwand.

Die Augenblicke krochen dahin und keiner der beiden durchbrach die Stille zwischen ihnen. Wäre die Luft nicht zum Zerreißen gespannt gewesen, hätte sich vermuten lassen, dass jeder einfach nur seinen Gedanken nachhing.

»Wir haben uns schon lange nicht mehr gesehen«, brach David schließlich das Schweigen.

»Mhm«, stimmte Leni zu.

Wieder kam das Gespräch zum Erliegen. Wieder war es David, der die Stille zuerst durchbrach.

»Du hast auf meine letzten Nachrichten nicht reagiert.«

»Ich hatte wahnsinnig viel zu tun. Muss wohl untergegangen sein.«

David drehte die Zigarre zwischen seinen Fingern. »Ich habe gesehen, dass du neuerdings joggen gehst.«

»Mhm.« Wieder nickte sie nur zustimmend.

»Wie läuft es mit Oliver? Ich habe mitbekommen, dass ihr euch noch immer trefft.«

»Super. Es läuft wirklich …« Leni begann einen fatalen Fehler: Sie sah David an. Ihre Knie wurden weich und ihre Stimme drohte zu versagen, weshalb sie eher krächzte. »… super.«

»Ach ja?«

Täuschte sie sich oder hörte sich seine Stimme plötzlich rau an? Und hatte er sie schon zuvor derart finster angesehen? Egal. Sie würde keinen Ton mehr herausbekommen, deshalb nickte sie nur beiläufig.

»Hier bist du«, war plötzlich Gittas schrille Stimme von der Hintertür zu hören. »Und wieder einmal hast du eine Zigarre in der Hand. Ich habe Leonard doch deutlich gesagt, dass er dir keine mehr geben darf.« Aufgebracht stemmte sie die Hände in ihre schmalen Hüften. »Und natürlich ist Leni auch wieder dabei. Hast du ihn etwa dazu verführt?«

Leni riss erschrocken ihre Augen auf. Sie fühlte sich ertappt und stammelte unsicher. »Ich …? Verführt …? Ich …?«

»Weder Leni noch Leonard sind dafür verantwortlich. Ich bin schon groß und kann meine Entscheidung durchaus alleine treffen. Also lass die beiden in Ruhe.«

Davids rüder Tonfall überraschte anscheinend nicht nur Leni. Auch Gitta zog die Augenbrauen hoch und schlug sofort einen versöhnlicheren Ton an, in dem sie ihn bat, sie nach Hause zu fahren.

Leni bemerkte, wie müde ihr Freund schien, als er ihr die Zigarre reichte und sie beim Abschied noch einmal aufforderte, sich zukünftig nicht mehr so rar zu machen.

Sie nickte.

»Versprochen?«

Sie nickte wieder.

»Indianerehrenwort?«

Ein weiteres Nicken.

»Großes Indianerehrenwort?«

Nun unterstrich sie ihr zustimmendes Nicken mit einem Lächeln und verdrehte die Augen.

»Gutes Mädchen.«

Im Vorbeigehen verstrubbelte er ihr Haar und verschwand mit der genervten Gitta im Haus.

FÜNF

Es war Ende November. Der Herbstwind hatte merklich aufgefrischt und riss die letzten buntverfärbten Blätter von den Bäumen. Das Laub knirschte unter Lenis Füßen, als sie am Waldrand entlangging. Sie hatte ihr Lauftraining unterbrochen, um den Reißverschluss ihrer Sweatjacke zum Schutz vor der Kälte zu schließen.

Ihr Blick galt den Wolken, die sich über ihr verdächtig zusammengezogen hatten. Am Himmel rumorte es gewaltig und sie war sich sicher, dass dieser Wetterumschwung ihnen den ersten Schnee bringen würde. Sie atmete tief durch, schloss ihre Augen und konnte ihn riechen: Schnee. Doch bis es so weit war, würde sie der angekündigte Regenschauer schneller einholen, als ihr lieb war.

Die Wahrscheinlichkeit, noch trockenen Fußes nach Hause zu kommen, schwand von Sekunde zu Sekunde. So hieß es für Leni, Schadensbegrenzung zu betreiben, doch der kürzeste Weg zurück führte querfeldein. Wenn sie nicht pitschnass werden wollte, sollte sie sich am besten unterstellen, und da die Hofers unweit des Waldstückes eine alte Feldscheune besaßen, rannte sie los, um dort Schutz zu suchen.

Der Regen kündigte sich nicht einfach nur mit ein paar wenigen Tropfen an. Er brach auf einmal über sie herein. Kalt und schonungslos. Er peitschte ihr schmerzhaft ins Gesicht und erschwerte ihr so den Weg zum Unterschlupf.

Bis sie die Scheune endlich erreichte, war sie nass bis auf die Haut. Sie fror bitterlich und zitterte. Sie öffnete das große Rolltor einen Spalt und schob sich hinein.

»Hi.«

Erschrocken fuhr sie herum. David stand neben einem der Traktoren und lächelte sie überrascht an.

»Hi«, gab sie kleinlaut zurück.

Weshalb musste sie ausgerechnet ihm über den Weg laufen?

Immer, wenn sie ihm zufällig begegnete, beschleunigte sich automatisch ihr Puls und ihr Magen verknotete sich. Und wieder einmal: Flugzeuge. Schmetterlinge. Kribbeln. Was hätte sie dafür gegeben, wenn alles wieder so wäre wie früher. Damals, als sie ihre Gefühle für ihn im Griff hatte.

»Ich wollte mich nur rasch unterstellen, bis der Regen vorüber ist.«

»Komm rein.«

David wischte sich seine schmutzigen Hände an einem Tuch ab, erst dann schien er zu bemerken, dass Lenis Kleidung komplett durchnässt war.

»Mist. Du holst dir ja den Tod in den nassen Sachen.« Er zog seine dicke Arbeitsjacke aus und gab sie ihr. »Hier. Zieh die an.«

»Das ist nicht nötig. Es geht schon«, winkte sie schnell ab.

»Keine Widerrede.«

Folgsam streifte sich Leni ihre durchweichte Sweatjacke von den Schultern und legte sie über den Werkstattwagen.

Sie griff nach Davids alter Jacke und spürte sofort die darin gespeicherte, angenehme Wärme.

Sie fror, weshalb sie ihren Arm hastig in einen der Ärmel steckte. Ihre Faust schoss aus dem Bund und traf dabei unversehens Davids Wange, da er sich im gleichen Augenblick nach ihrer durchnässten Jacke bückte, die auf den Boden gefallen war.

Schockiert sah sie ihn an.

»Oh mein Gott, David. Das war keine Absicht. Ist alles in Ordnung?« Sie beugte sich zu ihm und legte ihm mitfühlend die Hand auf seine Wange, auf der ihr Zusammentreffen eine rote Färbung hinterlassen hatte.

Er zog die Luft scharf ein und stöhnte gequält.

»Entschuldige bitte«, bat sie ihn neuerlich, doch er antwortete ihr nicht. Seine Augen fingen hingegen ihren entschuldigenden und tröstenden Blick ein, was sie nervös werden ließ. Er legte seine Hand auf ihre und stand langsam auf. Sein Blick war ernst und durchdringend, als wolle er Leni bis auf den Grund ihrer Seele blicken.

»Du hattest überhaupt keinen Blackout, stimmt's?«, fragte er sie unvermittelt und schien die Antwort bereits zu kennen.

Panik wallte in ihr auf. David hatte sie durchschaut. Sie versuchte, sich von ihm zu befreien, doch er ließ ihre Hand nicht los.

»Antworte mir, Leni.« Seine Stimme klang weich.

Leni war den Tränen nahe. Das durfte nicht wahr sein. Weshalb tat er ihr das an? Wenn er es schon ahnte, hätte er es nicht einfach für sich behalten können? Warum machte er alles kaputt? Sie wand sich, um seinem Griff zu entkommen.

David hatte jedoch nicht die Absicht, sie loszulassen.

»Lass mich in Ruhe«, zischte sie und wich Schritt für

Schritt vor ihm zurück. Doch ihr Fluchtversuch scheiterte ebenso kläglich wie ihr Versuch, sich gegen ihre Tränen zu wehren, die bereits in ihren Augen brannten.

Sie stand mit dem Rücken zur Wand – in jeder Hinsicht. Sie konnte weder vor ihm noch vor einer Antwort fliehen. Seinen musternden Blick spürte sie mit jeder Faser ihres Körpers, weshalb sie völlig überfordert ihren Kopf zur Seite drehte, um ihn nicht anschauen zu müssen.

Als er ihr eine Haarsträhne aus dem Gesicht strich, versetzte sie allein diese unschuldige Berührung in Aufruhr.

»Wir waren immer ehrlich zueinander«, sagte er.

Sie reagierte nicht und er sprach unbeirrt weiter.

»Deshalb will ich auch weiterhin ehrlich sein und dir sagen, dass ich seit unserem Kuss an nichts anderes denken kann, als dich erneut zu küssen.«

»Rede doch keinen Müll. Der Kuss ist doch schon beinahe ein halbes Jahr her und schon längst vergessen.« Erschrocken sah sie auf. Er hatte sie mit seiner Provokation reingelegt und sie hatte sich soeben selbst verraten.

»Ich wusste es«, hallten seine anklagenden Worte in ihrem Ohr. »Du hattest wirklich keinen Blackout.«

Bestimmend griff er nach ihrem Kinn und drehte ihren Kopf zu sich. »Leni, sieh mich an!«

Widerwillig blickte sie zu ihm auf. Sie kochte vor Wut darüber, dass er sie reingelegt hatte und sich nun vermutlich über sie lustig machen würde. Und was tat er? Er grinste nur selbstgefällig, was sie noch viel mehr verletzte.

»Ich habe genug von dir. Lass mich los.« Zornig befreite sie sich aus seinem Griff. »Du hast übrigens Glück – hätte ich dir nicht schon eine verpasst, hätte ich es spätestens jetzt getan.«

Sie stapfte wütend davon, doch David schnitt ihr schon

nach wenigen Schritten den Fluchtweg ab. Seine Hand umschloss ihren Arm und zog sie zurück. Sie stolperte ihm entgegen und fand sich plötzlich in seinen Armen wieder. Dann spürte sie seine Lippen auf ihren.

Hungrig. Verlangend. Sehnsüchtig.

Augenblicklich schoss es ihr durch Mark und Bein und der Boden unter ihr drohte nachzugeben. Oh ja. Das war ein Kuss. Nichts daran war unschuldig und nichts daran deutete auf eine Freundschaft hin. So küsste man keinen Freund und so wurde man auch nicht von einem Freund geküsst.

Halt suchend krallte sie sich an seinem Sweatshirt fest. Das Herz schlug ihr bis zum Hals, als sie spürte, wie fordernd seine Zunge ihre suchte. Er verschlang sie mit Haut und Haar. Mit Leib und Seele. Und am Ende ihr Herz …

Ruckartig stieß sie ihn von sich.

»Leni.«

Sie hörte das Bitten in seiner Stimme und stellte erschrocken fest, wie sich ihr eigenes Verlangen in seinen Augen spiegelte.

Ohne ein weiteres Wort verließ sie die Scheune.

*

Leni schaute müde auf, als es an ihrer Haustür klingelte. Zum Aufstehen fühlte sie sich viel zu schwach.

»Ich bin es nur.« Die Haustür fiel ins Schloss und Ellens freundliche Stimme war zu hören. »Na, du krankes Küken?« Sie steckte den Kopf in Lenis Wohnzimmer und sah ihre Freundin mitfühlend an, die kreidebleich und hustend auf ihrem Sofa lag.

Leni lächelte gezwungen. Ihre Glieder schmerzten und sie

versank förmlich in Selbstmitleid. »Vorsicht, Ansteckungsgefahr«, warnte sie Ellen.

»David und ich haben vorhin deinen Paps bei Vicky getroffen und er erzählte uns, dass dich eine schwere Erkältung erwischt hat.«

Ellen hob einen Korb in die Höhe und Leni konnte es rascheln hören.

»Vicky schickt dir leckere Cookies und auch ganz liebe Genesungswünsche. Und Mutti hat dir Hühnerbrühe gekocht. David drückte mir deinen Hausschlüssel in die Hand und bestand darauf, dass ich umgehend zu dir fahre. Und hier bin ich«, verkündete sie freudestrahlend.

»Danke«, klang es weinerlich aus Lenis Mund. »Das ist wirklich lieb, aber ich habe keinen Appetit.«

»Der Appetit kommt beim Essen.« Zielstrebig durchquerte Ellen das Wohnzimmer, um in die Küche zu gelangen. Sie streifte die Mütze vom Kopf, schälte sich aus ihrer Winterjacke und füllte Vickys Kekse in eine der Glasschalen auf der Anrichte. Dann brühte sie Tee auf und servierte beides der Patientin.

Erst, als Leni auf das eindringliche Bitten von Ellen hin von einem Keks abbiss, bemerkte sie, wie hungrig sie war. In den letzten beiden Tagen hatte sie kaum etwas gegessen. Und am Tag davor hatte sie nichts essen können, weil sie ständig an David denken musste. An David und an diesen Kuss.

Ihre Freundin umsorgte sie wie eine Glucke, und nur ihrem Besuch war es zu verdanken, dass sie kurzzeitig von ihren trüben Gedanken abgelenkt wurde. Während Leni an einem Keks knabberte, berichtete ihr Ellen von dem Verkehrschaos, das der erste Schnee mit sich gebracht hatte. Seit dem Vortag war auf den Bundesstraßen kein Durchkommen mehr. Alles lag unter einer weißen Schneeschicht versteckt.

Eine halbe Stunde später hatte Leni ihre Suppe und einen weiteren Keks gegessen. Sie fühlte sich gestärkt, wenngleich sie der ständige Hustenreiz schwächte.

»In vier Tagen ist Nikolaus. Meinst du, du bist bis dahin wieder fit?«

Leni schüttelte den Kopf und bestätigte damit Ellens Befürchtungen, dass zum ersten Mal die Nikolausfeier in der alten Mühle ohne die musikalische Begleitung von ihr und David stattfinden musste.

Ellen strich ihr liebevoll über den Arm. »Das ist echt schade. Ich hatte mich schon drauf gefreut.« Sie schien kurz zu zögern. »Dann kommt Oliver vermutlich auch nicht?«

Leni war zwar krank, aber nicht dumm. Die Frage ihrer Freundin sollte zwar beiläufig klingen, täuschte jedoch nicht über die Tatsache hinweg, dass sich Ellen nach Oliver erkundigte.

»Oliver?«, krächzte Leni und ihre Freundin blickte schuldbewusst auf. »Du stehst auf ihn, nicht wahr?«

»Du hast neulich erwähnt, dass ihr nur Freunde seid, und ich habe ihn vor Kurzem zufällig in der Stadt getroffen. Wir haben Kaffee getrunken und uns so toll unterhalten, also …« Ellen unterbrach sich selbst und blickte fragend zu Leni. »Ihr seid doch nur Freunde?«

Lächelnd griff Leni nach Ellens Hand. »Hast du dich verliebt?«

»Ich denke schon.« Sie errötete leicht. »Aber wenn du …«

Dieses Mal unterbrach Leni sie. »Oliver hat mir von eurem Treffen erzählt und mich um deine Nummer gebeten.«

Ellen strahlte. »Wirklich?« Doch ebenso schnell blickte sie nun betrübt drein. »Aber er hat mich nicht angerufen.«

»Oliver musste für zwei Wochen auf Geschäftsreise ins Ausland und kommt erst übermorgen zurück. Ich an deiner Stelle würde das Telefon an diesem Tag nicht aus den Augen lassen.«

Leni hatte Ellen noch nie so glücklich gesehen wie in diesem Augenblick. Die Augen ihrer Freundin strahlten. Sie hoffte inständig, die beiden würden zueinanderfinden und glücklich werden.

Als Ellen sie dankbar in den Arm nehmen wollte, hielt sie ihre Freundin dennoch hustend auf Abstand. »Nein, nicht. Wir können doch nicht alle krank werden. Wer soll denn sonst die ganzen Nikoläuse backen?«

»Die backt sowieso Vicky. Wie wir alle wissen, bin ich äußerst untalentiert, was das Backen betrifft. Ich werde mich wie immer auf das Dekorieren beschränken.«

Wissend lachten die beiden miteinander. Ellen in der Küche war mit dem sprichwörtlichen Elefanten im Porzellan-Laden zu vergleichen.

Als sich ihre Freundin nach einem ausgiebigen Plausch von Leni verabschiedete, war es draußen bereits dunkel.

»Ich lass dich jetzt allein. Versuche, ein wenig zu schlafen.«

Wenn das so einfach wäre. War sie wach, dachte sie an David. Schlief sie ein, träumte sie von ihm und wachte wieder auf.

Ellen strich ihr liebevoll übers Haar.

»Ich weiß nicht, was zwischen David und dir los ist …«

Leni versteifte sich sofort.

»… aber wenn du jemanden zum Reden brauchst, bin ich immer für dich da. Das weißt du doch?«

Verflixt! Tränen brannten in Lenis Augen. Sie nickte hektisch und liebte ihre Freundin dafür, dass sie nichts weiter sagte. Mit einem aufmunternden Lächeln und einem Kuss auf Lenis heiße Wange verließ Ellen das Haus.

*

Als vier Tage später der Nikolaustag war, plagte Leni das schlechte Gewissen. Sie fühlte sich zwar besser. Ihre Stimme war aber noch belegt und sie hatte eine Schnupfennase. Immerhin schaffte sie es mittlerweile, ein paar Stunden auf den Beinen zu sein, ohne das Bedürfnis zu haben, sich sofort wieder auf ihrem Sofa verkriechen zu müssen.

Die Nikolausfeier in der alten Mühle war schon immer eines ihrer persönlichen Highlights im Jahr. Sie liebte es, wenn Leonard und ihr Vater als Nikolaus und Knecht Ruprecht verkleidet in die Mühle eintraten und die Kinder ehrfürchtig zu ihnen aufblickten. Sie liebte den Geruch von Vickys Plätzchen und Mariannes Glühwein. Und sie liebte es, mit David Weihnachtslieder zu spielen.

Obwohl sie allen schon abgesagt hatte, entschied sie sich spontan um. Sie packte sich in Jeans und einen dicken Strickpullover, zog ihre warmen Winterstiefel an, schlüpfte in die dicke Daunenjacke, griff ihren Gitarrenkoffer und machte sich auf den Weg.

Gerade, als sie den Wagen hinter der Mühle parkte und ihn abschloss, klingelte ihr Telefon.

»Hallo Vicky.« Ihre Stimme klang noch immer angeschlagen. »Was gibt's?«

»Eigentlich dachte ich, ich könnte dich vielleicht umstimmen, doch noch zu kommen.« Vicky senkte die Stimme. »David hat nämlich die Laune eines Grizzlys mit wundem Arsch.

Aber …«, ihre Freundin klang schuldbewusst, »… du hörst dich immer noch nicht gut an. Da hast du dir echt etwas ziemlich Hartnäckiges eingefangen. Kann ich dir irgendetwas Gutes tun? Ich kann dir später etwas vorbeibringen. Meine Oma schwor immer auf Holunderblütentee und Kartoffelwickel. Leg dich einfach wieder hin und vergiss, dass ich dich angerufen habe. Ich komme nachher und bringe alles mit.«

Mittlerweile hatte Leni die Hintertür der alten Mühle erreicht. Sie streckte sich und klopfte an das Fenster der Backstube. Schmunzelnd sah sie, wie Vicky zusammenzuckte und sie überrascht durch die vereiste Scheibe ansah. Dann betrat sie durch den Flur die Backstube und staunte nicht schlecht über die zahlreichen Weihnachtsleckereien, die Vicky wieder einmal gezaubert hatte.

»Da sieht eines köstlicher aus als das andere.«

»Leni. Wie schön, dass du da bist.« Vicky zog sie in eine Umarmung. »Wie geht es dir? Fühlst du dich auch fit genug?« Auffordernd hielt sie ihr ein Backblech unter die Nase. »Greif zu und stärk dich.«

»Haben sie schon angefangen?«, erkundigte sich Leni und kaum, dass sie ausgesprochen hatte, drang der Tumult aus dem Gastraum zu ihnen. Kurz nach dem hartnäckigen Klopfen an die Eingangstür traten auch schon der Nikolaus und sein Knecht Ruprecht ein.

»Komm, lass uns nachschauen.«

Sie beobachteten durch die angelehnte Tür die kleine Show, die Leonard und Frank veranstalteten, und grinsten vor sich hin.

Nur noch ein paar Verse, und David würde das erste Lied anstimmen. Ihr Magen begann unwillkürlich zu rebellieren. Tapfer nahm sie ihre Gitarre aus dem Koffer und folgte Vicky.

»Gute Kind. Gute Kind«, riefen die Kinder überzeugend auf Knecht Ruprechts Frage hin, die im Gedicht vorkam.

»Seid ihr euch da sicher?«, brummte Leonard in den dicken weißen Bart seines Kostüms.

»Jaaaa.«

David stand mit dem Rücken zu Leni. Noch bevor er seine Gitarre greifen konnte, zupfte Leni auf ihren Saiten die Melodie zu »Schneeflöckchen Weißröckchen« und zog damit die gesamte Aufmerksamkeit auf sich. Wie erwartet, stimmten sowohl David als auch die Kinder sofort mit ein.

Als das Lied endete und Leonard damit begann, die Kinder einzeln zu sich zu rufen, drehte sich David zu ihr um. Er sah sie erschrocken an. Sie führte seine Reaktion eher auf ihren gesundheitlichen Zustand zurück als auf ihre Anwesenheit, denn David griff sofort nach einem Stuhl und bedeutete ihr fürsorglich, Platz zu nehmen. Sie wollte abwehren, doch sein strenger und besorgter Blick ließ keinen Widerstand zu. Gleichzeitig nahm ihr Ellen die Gitarre ab und reichte ihr dafür eine heiße Tasse Tee.

»Es ist so schön, dass du da bist.« Sie beugte sich zu Leni. »Du gibst mir aber sofort Bescheid, wenn es dir zu viel wird. Ich bring dich dann nach Hause.«

Vicky reichte ihr ein Stück Gewürzkuchen. »Oder du kannst dich bei mir oben ausruhen. Ja?«

Es war rührend, wie sich ihre Freunde um sie sorgten. Da sie sowieso nicht gegen sie ankommen würde und ihr auch die Kraft für etwaige Diskussionen fehlte, nickte sie nur.

Leni bereute keine Sekunde, dass sie hergekommen war. Sie liebte es, den beiden Protagonisten bei ihrem Schauspiel zuzusehen und die Kinder zu beobachten. Und sie waren alle angespannt, unabhängig davon, ob sie Grund dafür hatten oder nicht. Einzig, dass David seinem Beschützerinstinkt folgte und ganz selbstverständlich hinter ihrem Stuhl stehen blieb, sodass sie sich dadurch beklommen und beobachtet fühlte, setzte ihr zu.

Nachdem ungefähr die Hälfte der Kinder vorgetreten war, bat der alte Nikolaus um ein weiteres Lied. Sofort stimmte David »Morgen kommt der Weihnachtsmann« an und Leni folgte der Melodie auf ihrer Gitarre. Kurz vor dem Ende des Liedes entdeckte sie Oliver, der die alte Mühle betrat und ihr zuwinkte. Überrascht erwiderte sie seinen Gruß.

Sie blickte verstohlen zu Ellen, die mit einem breiten Grinsen im Gesicht gegen den Verkaufstresen lehnte und ihr verschwörerisch zuzwinkerte. Eigentlich hätte sie es selbst schon viel früher erkennen müssen. Schon bei der Sonnwendfeier war ihr aufgefallen, wie gut sich die beiden verstanden. Ellen und Oliver waren wie geschaffen füreinander. Sie waren sich in so vielem so ähnlich und dennoch grundverschieden. Sie hatte ein gutes Gefühl, was die beiden anbelangte, und wünschte ihnen von ganzem Herzen nur das Beste.

Die Feier endete knapp eine halbe Stunde später mit dem Auszug des Nikolaus und seines Gehilfen, der traditionell von dem Lied »Lasst uns froh und munter sein« begleitet wurde. David nahm anschließend seine Gitarre ab und verschwand im aufkommenden Trubel der Verabschiedung.

Schade. Leni hätte gerne noch ein paar Lieder mit ihm gemeinsam gesungen, schließlich war Nikolaus. Dann würde sie eben alleine spielen. Vielleicht schaffte ihre angeschlagene, raue Stimme ja ein paar Songs.

*

David verharrte in seiner Bewegung, als Gitarrenklänge an sein Ohr drangen. Leni saß auf ihrem Stuhl und spielte wundervoll. Es war »Have yourself a merry little christmas«. Die Leute hielten inne und lauschten andächtig. Als sie zu singen begann, erschauerte er wohlig. Es war unverwechselbar ihre Stimme, wenngleich sie viel tiefer und rauer war als sonst. Natürlich hätte er wie gewohnt mit einstimmen können, doch für ein paar wenige Augenblicke wollte er einfach nur genießen und zuhören. Er wollte ihre Stimme hören, die er so schmerzlich vermisst hatte, und sie einfach nur anschauen.

Oh ja, er hatte sie wirklich vermisst. Sie fehlte ihm so sehr, dass es schon wehtat. Er hätte schreien können bei dem Gedanken, dass womöglich alles zwischen ihnen aus und vorbei war und er seine beste Freundin verloren hatte. Und weshalb? Weil er sich selbst nicht unter Kontrolle hatte.

Sie kannten sich schon seit dem Sandkasten und nie war in ihm das Verlangen nach mehr aufgekommen. Das, was sie miteinander hatten, genügte ihm. Mehr noch. Das, was sie miteinander hatten, stand über allem anderen. So eine Freundschaft würde es nie wieder geben. Dennoch hatte er sie geküsst und damit alles gefährdet. War es das wert? Er wusste nur, hätte er sie nicht geküsst, hätte er es sein Leben lang bereut.

Die Tür wurde lautstark aufgerissen und wie auf Kommando trat Gitta ein, der er nun schon zwei gestohlene Küsse von Leni verheimlichte.

Dass einige Gäste Gitta aufgebracht »Schhh …« entgegenschleuderten und ihr eindeutig signalisierten, leiser zu sein, nahm sie missmutig zur Kenntnis.

Daraus, dass es ihr nicht gefiel, ausgerechnet für Leni leise sein zu müssen, wo sie diese doch offenkundig überhaupt nicht leiden konnte, machte sie keinen Hehl.

David schüttelte resigniert den Kopf, lehnte sein Instrument gegen die Wand und griff seine Jacke vom Kleiderhaken. Durch die Backstube gelangte er in den Flur und stahl sich durch die Hintertür nach draußen. Er atmete tief durch und blickte zum Wald, der schneebedeckt vor ihm lag.

Seit einer Woche lag nun schon eine dicke Schneeschicht über dem Land. Er erinnerte sich schmerzlich daran, wie schön es immer gewesen war, mit Leni die ersten Schneeflocken zu genießen. Kindisch wie sie waren, holten sie dann den Schlitten raus oder versuchten sich an einem Schneemann. Meist endete jedoch alles in einer großen Schneeballschlacht, bei der sie immer verlor.

Applaus drang an sein Ohr. Ob Leni und er je wieder miteinander musizieren würden?

Und Oliver? Würde sie mit ihm das große Glück finden? Es hatte den Anschein, so freudig überrascht, wie sie zuvor bei seinem Anblick ausgesehen hatte.

Er lehnte sich nachdenklich gegen die Hauswand und zog den Reißverschluss seiner Jacke bis ganz oben. Ein eisiger Wind pfiff ums Haus und wirbelte die feine, obere Schneedecke auf. Wehmütig stellte er fest, dass er die Zeit weder aufhalten noch zurückdrehen konnte. Er konnte nicht ungeschehen machen, was passiert war, und er konnte Leni nicht von Oliver fernhalten. Traurig wurde ihm bewusst, dass nichts mehr so sein würde, wie es war.

Knarzend öffnete sich die Tür neben ihm.

Leni sah David nicht sofort. Sie zog sich ihren Mantel über und band sich den langen Schal um.

Sie zuckte erschrocken zusammen, als sie seine Gestalt neben dem Türrahmen entdeckte.

»Entschuldige.« Er hob beschwichtigend die Hände. »Ich wollte dich nicht erschrecken.«

»Und ich wollte dich nicht stören.«

Sie drehte sich um und schien augenblicklich Reißaus vor ihm nehmen zu wollen.

»Leni?« Er trat einen Schritt auf sie zu, aber sie wich zurück. Es zerriss ihm das Herz. Mit trauriger Stimme fragte er sie beinahe flehentlich: »Wird es je wieder so sein wie früher?«

Sie verneinte stumm.

Vom Wald her waren fröhliche Stimmen zu hören und lenkten ihre Aufmerksamkeit dorthin. Ellen und Oliver schlenderten Arm in Arm den Weg entlang. Sie schauten sich verliebt in die Augen und lachten.

Davids Blick verfinsterte sich. Was hatte der Lackaffe denn jetzt mit seiner Schwester zu schaffen? Rannte der Kerl denn jedem Rockzipfel hinterher?

Als sich Oliver zu Ellen beugte und sie zärtlich küsste, platzte David der Kragen. Wutschnaubend stapfte er los und brüllte: »Hände weg!«

Ehe Oliver wusste, wie ihm geschah, holte David aus und verpasste ihm einen Kinnhaken, der ihn zu Boden streckte. »Was denkst du Arschloch dir eigentlich dabei, Leni zu betrügen. Noch dazu mit meiner Schwester.«

Blind vor Wut stürzte er sich auf Oliver und verteilte einige Hiebe.

»David, nicht!« Aufgelöst hastete Leni ihm hinterher. Es kostete sie einige Kraft, sich gegen ihn zu stemmen und ihn von Oliver herunterzuschubsen. »Oliver und ich sind kein Paar. Und wir waren auch nie eines.«

Verwundert hielt David inne. »Ihr seid überhaupt kein Paar?«

Niemand traute sich, etwas zu sagen.

»Was macht ihr denn da?« Gittas schnippische Stimme durchbrach die Stille. Sie stand unter der Tür und blickte argwöhnisch drein.

»Schneeballschlacht«, schoss es gleichzeitig aus Lenis und Davids Mund.

»Seid nicht immer so albern«, tadelte sie. »David, kommst du bitte. Ich möchte etwas mit dir besprechen.« Sie drehte auf dem Absatz um und verschwand in der alten Mühle.

Wortlos stand David auf und folgte ihr. Er drehte sich noch einmal um und sah in die betretenen Gesichter von Ellen, Oliver und Leni.

Leni und Oliver waren überhaupt kein Paar. Weshalb also hatte sie ihn dann in diesem Glauben gelassen?

Gitta passte ihn im Flur ab und zog ihn dann mit sich in den Gastraum, der sich schon geleert hatte.

»Was ist denn so wichtig, dass wir das sofort besprechen müssen?« Er öffnete seine Jacke und wollte sie ausziehen, als ihr Kommentar »Ich habe den Termin für unsere Hochzeit« ihn bewegungslos verharren ließ.

»Was?« Ungläubig sah er sie an.

»Ich habe durch Zufall erfahren, dass im nächsten Jahr im Schloss eine Reservierung abgesagt wurde, und habe natürlich sofort zugeschlagen. Hast du eine Ahnung, wie lange dort die Warteliste ist?«

»Aber …«, stammelte David überrumpelt.

*

»… mitteilen, dass wir im kommenden Jahr, am 4. Mai heiraten werden.«

Halt suchend griff Leni nach dem Türrahmen. Hatte sie

gerade richtig gehört? Gitta und David hatten schon einen Termin für ihre Hochzeit?

Natürlich wusste sie, die beiden würden heiraten. Doch es erneut vor Augen geführt zu bekommen, riss ihr das Herz entzwei. Gittas Stimme dröhnte in ihren Ohren nach. Tränen brannten in ihren Augen und Übelkeit überfiel sie. Sie musste raus. Sie musste sofort weg von hier.

Ein Glück, dass sie allein in der Backstube zurückgeblieben war, als Ellen Oliver in Vickys Wohnung im oberen Stockwerk verarzten wollte. Sie könnte es nicht ertragen, wenn jemand sie so gesehen hätte. Aufgelöst griff sie nach ihrem Gitarrenkoffer und verschwand heimlich und leise.

SECHS

Nachdem Vicky die letzten Gäste in der alten Mühle verabschiedet hatte, zog Leonard sie in seine Arme und küsste sie.

»Bist du sehr traurig wegen des Termins?« Liebevoll strich er ihr eine Haarsträhne aus dem Gesicht.

»Ich bin eher überrascht, dass David und Gitta es plötzlich so eilig haben. Wusstest du davon?«

»Nein.« Er liebkoste zärtlich ihren Hals und verteilte kleine Küsse darauf. Vicky seufzte entspannt und zufrieden und genoss jede seiner Berührungen.

»Stören wir?« Ellen und Oliver streckten ihre Köpfe in den Gastraum.

»Ihr seid noch hier?« Überrascht fuhr Vicky herum. »Ich dachte, ihr seid auch schon lange gegangen? Kommt rein«, damit winkte sie die beiden zu sich.

Als Ellen und Oliver Hand in Hand eintraten und lächelten, blickte Vicky zu Leonard und flüsterte ihm leise zu: »Wie ich gesagt habe – Ellen ist bis über beide Ohren verliebt.« Sie räusperte sich und wandte sich wieder an ihre Gäste. »Setzt euch.«

»Hat sie dich so zugerichtet?« Leonard musterte Oliver.

»Ich würde ihm nie wehtun«, warf Ellen entrüstet ein, woraufhin Oliver schmunzelte.

»Nein, das war dein Bruder.«

»David?«, fragte Leonard noch einmal nach, um sich zu vergewissern, sich nicht verhört zu haben.

Nachdem Ellen und Oliver sich gesetzt hatten und er durch ein kurzes Nicken bestätigte, dass David für das Veilchen an seinem Auge verantwortlich war, warf Leonard Ellen einen wissenden Blick zu. »Da ist wohl sein Beschützerinstinkt mit ihm durchgegangen.«

»Vermutlich.« Ellen zog bedeutungsvoll die Augenbrauen hoch, was Leonard und Vicky nicht entging. »Aber ich denke, in erster Linie nicht wegen mir.«

»Ach nein?« Leonard horchte auf und setzte sich zu ihnen.

Doch ehe jemand etwas sagen konnte, wurde die Eingangstür aufgerissen und ein wutschnaubender David trat ein. Er blickte in die fragenden Gesichter der Runde und brachte nur ein wenig freundliches »Was?« über die Lippen.

Es traute sich zunächst keiner, etwas zu sagen, bis Vicky sich kleinlaut erkundigte: »Brauchst du womöglich einen Enzian?«

David nickte.

»Du siehst nicht der Meldung des Tages entsprechend aus«, stellte Leonard fest.

»Welche Meldung genau meinst du?«, fragte David in aggressivem Ton nach und begann, wild zu gestikulieren. »Die, dass ich am 4. Mai heiraten soll? Die, dass ich überhaupt nicht gefragt wurde? Die, dass ich Gitta noch überhaupt keinen Antrag gemacht hatte? Die, dass die Frau mich um den Verstand bringt? Die, dass ich mich gerade von ihr getrennt habe? Die, dass Leni überhaupt nicht mit ihm«, er deutete auf Oliver, »zusammen ist? Oder die, dass ich sie liebe?«

Es war mucksmäuschenstill und David wurde plötzlich klar, was er gesagt hatte. Die Worte hallten unaufhörlich in seinen Ohren wider. Was war das? Er liebte Leni? Die Erkenntnis traf ihn wie ein Schlag. Er liebte Leni! Unendlich. Über alles. Von ganzem Herzen.

Kraftlos wankte er zum Tisch und sank auf den Stuhl neben seinem Bruder.

»Du liebst Leni?«, fragte Leonard sicherheitshalber noch einmal nach und beobachtete, wie Vicky das Schnapsglas vor David abstellte.

Dieser sah abwechselnd in alle Gesichter, als ob die Antwort dort stehen würde. Doch er kannte die Antwort mittlerweile schon. »Ja. Ich liebe Leni.« Als müsste er es sich selbst gegenüber noch einmal bekräftigen, wiederholte er noch einmal »Ich liebe Leni« und schüttelte anschließend ungläubig und von der Erkenntnis noch immer überrascht den Kopf.

Vicky und Ellen brachen gleichzeitig in Freudenjubel aus, und Leonard klopfte ihm erfreut auf die Schulter. »Das sind doch mal gute Neuigkeiten. Ellen ist glücklich. Oliver ist glücklich. Du bist glücklich und ich bin sowieso der glücklichste Mann der Welt.« Er drückte Vickys Hand. »Alle sind glücklich. Na ja, außer Gitta, vermutlich.«

»Ich hab's vermasselt«, warf David kaum hörbar ein.

»Was meintest du?«, übertönte Leonard den anhaltenden Freudentaumel der beiden Frauen.

»Ich hab's vermasselt.«

Wieder waren alle Augenpaare auf ihn gerichtet und jeder schien auf eine Erklärung zu warten.

»Ich habe so ziemlich alles falsch gemacht, was man nur

falsch machen kann.« Da ihm anscheinend niemand folgen konnte, musste er wohl schweren Herzens von den Vorfällen der letzten Monate berichten. »Ich habe mich Leni gegenüber wie ein Idiot aufgeführt, seit Oliver auf der Bildfläche erschienen ist. Das fing schon bei unserer ersten Begegnung an.« Er blickte zu Oliver. »Tut mir leid, Kumpel. Auch wegen vorhin. Du warst ihr in den letzten Monaten definitiv ein besserer Freund als ich. Hat sie dir von dem Kuss erzählt?«

»Ein Kuss?«, fragte Ellen neugierig nach.

Oliver nickte stumm.

»Hat sie dir auch von dem Kuss in der Scheune erzählt?« David begann, das Schnapsglas vor sich zu drehen.

»Nein. Von einem zweiten Kuss weiß ich nichts«, erwiderte Oliver.

»Moment. Leni und du – ihr habt geknutscht? Mehrmals?« Ellen blickte überrascht drein.

Vicky setzte sich auf Leonards Schoß und legte ihre Hand besänftigend auf die von David. Ihre Stimme klang ruhig und herzlich. »Wie hat es sich angefühlt, sie zu küssen?«

»Richtig.« David sah nicht auf. »Es hat sich verdammt richtig angefühlt.«

»Weshalb haderst du dann?«

»Sie ist nicht irgendeine. Sie ist meine beste Freundin. Sie ist Leni. Ich habe schon so viel falsch gemacht, was ist, wenn ich noch mehr falsch mache?« Verzweifelt schüttelte er den Kopf. »Ich kann sie nicht verlieren. Das könnte ich nicht verkraften. Was, wenn sie meine Gefühle nicht erwidert?«

Nun brach eine Debatte unter Ellen, Vicky und Leonard aus, die Davids Liebesleben und Lenis Gefühle für ihn diskutierten.

»Kommt schon, Leute, ist das euer Ernst?« Oliver schüttelte resigniert den Kopf. »Seid ihr denn wirklich so ahnungslos? Da gibt es doch nichts zu diskutieren. Wir sprechen von Leni und David.«

Es wurde ruhig im Gastraum. Ellen, Leonard und Vicky schienen über Olivers Worte nachzudenken.

»David, erinnerst du dich noch an meinen sechzehnten Geburtstag?« Leonard sah zu seinem Bruder, der nickte. »Du und Leni, ihr habt euch mal wieder aus dem Staub gemacht und ich sollte euch suchen. Ich habe eure Stimmen hinter der Scheune gehört und war mir sicher, dass ihr schon wieder etwas anstellt. Was soll ich sagen, ich habe euch tatsächlich auf frischer Tat ertappt.« Er wandte sich erklärend den anderen zu. »Ich habe sie aufgescheucht, woraufhin Leni eine Zigarre im hohen Bogen von sich warf.«

»Eine Zigarre?«, fragte Vicky und schmunzelte.

»Ja. Was anderes konnten wir damals auf die Schnelle nicht organisieren«, beantwortete David die Frage. »Wir wollten es eben auch mal ausprobieren. Alle in unserer Klasse hatten schon einmal geraucht. Nur Leni und ich nicht.«

»Jedenfalls«, fuhr Leonard fort, »wollten die beiden heimlich rauchen und bekamen die Glimmstängel nicht angezündet, woraufhin ich ihnen geholfen habe. Als die Zigarre brannte, nahmen beide einen kräftigen Zug.«

»Das war so fies von dir. Lenis Gesicht färbte sich grün, während sie sich unentwegt übergeben musste.«

»Und was hast du daraufhin getan?«, wollte Leonard von seinem Bruder wissen.

»Ich habe dich einen Vollidioten genannt und mich dann ebenfalls übergeben«, gab David ungeniert zu.

»Das ist wohl wahr.« Leonard schmunzelte. »Aber du warst es, der Leni zuvor beruhigend über den Rücken gestrichen hat und ihr mitfühlend die Haare hielt.«

David nickte. Natürlich hatte er das getan. Es war schließlich Leni. Er würde sie immer beschützen und auf sie achtgeben. Ging es ihr schlecht, ging es ihm schlecht. Was sich auch in diesem Fall deutlich bewahrheitet hatte.

»Und was haben wir drei im Jahr darauf gemacht?« Leonard legte seinen Bruder die Hand auf die Schulter.

»Du hast uns gezeigt, wie man pafft.« Davids Mundwinkeln wanderten nach oben. »Und wir machen es immer noch, Jahr für Jahr.«

Ellen lehnte sich über den Tisch und schenkte David ein aufbauendes Lächeln. »Ich musste gerade daran denken, wie wir Oma Hetti immer mit den Weihnachtsplätzchen helfen durften.«

»Die Weihnachtsplätzchen.« David erinnerte sich an seine Kindheit zurück, als sie beinahe jeden Nachmittag bei ihrer Großmutter verbrachten. Er liebte die Weihnachtszeit in der alten Mühle. Es roch immer köstlich nach Oma Hettis Plätzchen und gelegentlich durften sie ihr beim Backen zur Hand gehen.

»Sie musste immer mit dir schimpfen, weil du den Teig so gerne genascht hast. Anstatt das Blech zu füllen, hast du nur deinen Bauch gefüllt.«

»Gar nicht wahr«, wehrte sich David. »Ich wurde von ihr abkommandiert. Sie sagte, ich solle mich von der Teigschüssel fernhalten und durfte mich dann nur noch um die Verzierungen kümmern.«

»Dennoch war dein Bauch stets voller Plätzchenteig. Und wem hattest du das zu verdanken?« Ellen zog die Augenbrauen hoch und schmunzelte.

David nickte wissend. Leni hatte ihm ständig kleine Teigkugeln zugeworfen, die er umgehend in seinem Mund verschwinden ließ, damit Oma Hetti ihnen nicht auf die Schliche kam. Auf Leni konnte er sich eben immer verlassen. »Leni.«

»Es ist unglaublich, wie vertraut ihr beiden euch seid.« Vicky seufzte versonnen. »Ich weiß noch, wie mich Leonard im vergangenen Winter zu einem romantischen Spaziergang abholte. Er wollte mich mit einem Picknick im Wald überraschen, das ihr vorbereiten solltet. Doch anstatt trauter Zweisamkeit haben Leni und du mir den wohl unterhaltsamsten Nachmittag meines Lebens beschert. Ich habe selten so viel gelacht. Euch bei eurer Schneeballschlacht zu beobachten, zuzusehen wie ihr beide ausgelassen im Schnee herumtobt und so viel Spaß miteinander habt ... David!«

David wusste nicht, was ihm die anderen zu sagen versuchten. »Was?«

Jeder schien es zwischenzeitlich verstanden zu haben, doch Oliver war es, der es aussprach. »Sie liebt dich auch, du Vollhorst.«

Ungläubig sah David ihn an. »Glaubst du wirklich?«

»David, ich glaube es nicht nur, ich weiß es, weil sie es mir selbst gesagt hat. Sie liebt dich, schon seit du sie im Kindergarten mit Sand gefüttert hast.«

Davids Atem ging schwer. Sein Herz hämmerte in seiner Brust. Er stand so plötzlich auf, dass sein Stuhl nach hinten umfiel. »Sie liebt mich?«

»Natürlich tut sie das«, bestätigte Ellen.

Aufgeregt begann er, auf und ab zu gehen. Eine Hand gegen die Stirn gepresst, die andere in die Hüfte gestemmt. »Was mach ich jetzt nur?«

Vicky stand auf und stellte sich ihm in den Weg. Sie strich ihm beruhigend über den Arm. »Setz dich. Trink deinen Enzian. Ich hole Cookies und dann überlegen wir, was wir tun.«

SIEBEN

Leni betrat mit einem mulmigen Gefühl im Bauch das große Gutshaus von Familie Hofer. Es kostete sie all ihre Überwindung, hierher zu kommen, doch Marianne feierte ihren Geburtstag. Abzusagen war definitiv keine Option. Das Familienoberhaupt der Hofers würde es ihr nicht durchgehen lassen. Dennoch nagte der vergangene Tag noch an ihr.

Sie hatte vor Augen geführt bekommen, dass die Heirat von Gitta und David unaufhaltsam näher rückte. Der Gedanke daran bohrte sich schmerzhaft in ihr Herz. Sie würde die überglückliche Gitta den ganzen Abend ertragen müssen. Doch sie neidete ihr nicht ihr Glück, sondern nur das Glück mit dem Mann, den sie schon seit vielen Jahren so sehr liebte.

Sie gab sich einen Ruck, drückte die Türklinke nach unten und trat ein. Aus dem Wohnzimmer drang Stimmengewirr zu ihr. Sie hängte ihren Mantel an den Garderobenhaken, strich über ihr schwarzes Strickkleid und betrat wenig später den großzügigen Wohnraum. Sie kannte alle Gesichter und wurde sofort von jedem begrüßt. Als sie endlich das Geburtstagskind erreichte, atmete sie daher erst einmal durch.

»Bis zu dir vorzudringen, gleicht einem wahren Feldzug.«

Marianne lachte herzlich und schloss sie in ihre Arme. »Schön, dass du hier bist, Kind. Ich hoffe, dir geht es wieder besser? Du siehst allerdings noch ein wenig blass aus um die Nase.«

»Mir geht es wieder gut. Keine Sorge. Und Dr. Maier meinte, dass ich auch nicht mehr ansteckend bin.« Sie küsste Marianne auf die Wange. »Herzlichen Glückwunsch zum Geburtstag.«

»Ich danke dir. Und vielen Dank für das wundervolle Geschenk. Ich freue mich sehr auf den Abend.«

»Gerne.« Leni vermutete, dass ihr Vater sich noch mehr auf den gemeinsamen Konzertabend mit Marianne freuen würde. Wochenlang hatte er ihr mit seinem Vorhaben in den Ohren gelegen, Marianne etwas Besonderes zu schenken. Da sie beide die Leidenschaft zur klassischen Musik teilten, bot sich ein Operettenbesuch geradezu an.

»Hey Leni.« Ellen und Vicky kamen mit ihren Männern im Schlepptau auf sie zu. Ebenso wie David, der ein wenig unsicher und nervös wirkte.

Sie wunderte sich, weshalb er und Leonard eher leger gekleidet waren. Am Geburtstag ihrer Mutter warfen sie sich für gewöhnlich in Schale. Doch an diesem Tag hatten sie die Anzughose gegen Jeans getauscht und das gestärkte Hemd gegen Sweatshirts. Marianne lenkte sie von ihren Überlegungen ab, indem sie sich zu ihr neigte. »Du entschuldigst mich? Wie ich sehe, lasse ich dich in den besten Händen zurück.«

Leni nickte und lächelte. Kurz darauf wurde sie von allen mit einer Umarmung begrüßt, außer von David. Dieser zog es vor, ihr Haar zu verstrubbeln, wie er es früher immer getan hatte. Sie hingegen lächelte nur gequält und verzichtete darauf, ihn auf die Wange zu küssen.

Ihr entging nicht, dass sich das Verhältnis zwischen Oliver und David entspannt hatte, wenngleich Olivers Auge von ihrem letzten Aufeinandertreffen blutunterlaufen war und dadurch farblich äußerst gut zu Ellens violettem Kleid passte.

»Bist du schon lange hier?«, erkundigte sich Vicky.

»Nein, ich bin eben erst gekommen.« Leni wandte sich an Leonard. »Verrätst du mir, welchen Song ihr dieses Jahr für Marianne ausgesucht habt?«

Jedes Jahr zu Mariannes Geburtstag schenkten ihre Kinder ihr eine Erinnerung. Meist durch ein Lied, das sie an ihre gemeinsame Zeit mit ihrem verstorbenen Vater erinnern sollte. Leni hatte oft mitgesungen oder mitgespielt, doch krankheitsbedingt musste sie in diesem Jahr zu ihrem Leidwesen aussetzen.

»Das wird eine Überraschung.«

Was? Leonard würde ihr nicht sagen, für welchen Song sie sich entschieden hatten und welche Erinnerung damit verbunden war? »Oh, okay«, erwiderte sie verblüfft oder vielmehr enttäuscht.

»Hast du schon Vickys neue Krokanttaler probiert?« Ellen schloss verträumt die Augen. »Die sind himmlisch.«

Da Leni die Nähe zu David sowieso kaum mehr aushalten konnte, ging sie umgehend auf Ellens Frage ein. »Wirklich? Nein, die habe ich noch nicht gekostet. Am besten …«

»Am besten, du holst dir gleich welche, bevor sie noch vergriffen sind«, fiel ihr Vicky ins Wort.

»Ja.« Leni schaute skeptisch. »Genau.«

Wollte Vicky sie loswerden? Sie ging zum Büfett, ohne sich noch einmal umzudrehen. Ihre Freunde verhielten sich allesamt ein wenig seltsam.

»Die Lachsbällchen solltest du auch probieren. Die hat zwar Ellen gemacht, aber sie sind ganz passabel.«

David stand so dicht neben ihr, dass ihre Schulter seine Brust berührte, als sie sich erschrocken umdrehte.

»Ähm. In Ordnung. Werde ich versuchen.«

»Schön, dass du hier bist. Geht es dir besser? Was machst du so?«

Sie hatte ein gebrochenes Herz und er wollte Small Talk führen? Leni schluckte hart.

»David, ich kann das nicht.« Sie hatte den Kopf gesenkt und wollte sich abwenden, doch er hielt sie zurück.

»Was meinst du genau? Mit mir reden? Mich ansehen? Meine Nähe ertragen?« Er hob ihr Kinn, um sie zu zwingen, ihn anzusehen.

Ihre Augenwinkel wurden verdächtig feucht.

»Ich kann und will das nicht mehr. Wir hatten eine wundervolle gemeinsame Zeit und eine einzigartige Freundschaft, aber du musst akzeptieren, dass du etwas Altes abschließen musst, um etwas Neues anzufangen.«

»Genau das habe ich getan«, flüsterte er zärtlich an ihr Ohr.

Aufgelöst wich Leni einen Schritt zurück. Sie zwang sich zu einem Lächeln. »Dann solltest du Gitta nicht länger warten lassen.« Sie wandte sich abrupt ab und lief direkt in Mariannes Arme.

»Leni, Liebes.« Tröstend wischte ihr Marianne eine verirrte Träne von der Wange. »Du hast David nicht zugehört.«

Leni schniefte nur. Was hatte er noch gleich gesagt? Die Nähe zu ihm hatte sie tatsächlich vom Inhalt seiner Worte abgelenkt. »Was meinst du?«

»Er hat sich von Gitta getrennt.«

»Was?« In ihren Ohren begann es so lautstark zu rauschen, dass sie nichts anderes mehr hörte, als das Echo von Mariannes Stimme. Er hat sich von Gitta getrennt.

Aber weshalb? Warum hatte er das getan? Hatte er Gitta gegenüber Schuldgefühle, weil er sie geküsst hatte? Oder gab er womöglich ihr die Schuld daran? Aber sie konnte doch nichts dafür. Er war es doch, der sie geküsst hatte.

Marianne hatte sie lächelnd stehen gelassen und als sie sich nun zu David umdrehen wollte, war auch er verschwunden.

Worauf zielte er ab? Es war doch Irrsinn zu glauben, alles würde wieder so, wie es einmal gewesen war. Natürlich fehlte er ihr auch. Sie vermisste ihre gemeinsame Zeit. Aber nach diesen unglaublich intimen Augenblicken, die sie miteinander erlebt hatten, konnte sie nicht zur Normalität zurückkehren. Sie wollte es auch nicht. Dafür musste sie viel zu lange gegen ihre Gefühle ankämpfen, um zu akzeptieren, dass sie nur Freunde waren und auch immer sein würden. Noch einmal würde sie das nicht durchstehen.

Sie musste dringend an die frische Luft. Vermutlich würde es auch niemandem auffallen, wenn sie wieder nach Hause fahren würde. Immerhin war sie kurz hier gewesen. Sie hatte ihre Schuldigkeit getan.

Ihr Blick schweifte durch den Wohnbereich, denn sie wollte sich möglichst ungesehen von ihren Freunden davonschleichen. Zu ihrer Erleichterung konnte sie keinen von ihnen entdecken. Unbemerkt verließ sie den Raum. Sie zog sich ihren Mantel über und hatte die Hand schon am Türgriff, als sie durch die Glasscheibe Vicky und Ellen in eine angeregte Diskussion vertieft vor dem Haus stehen sah.

Mist. Die beiden würden sie unmöglich einfach so gehen

lassen, ohne dass sie ihnen irgendwelche Fragen zu ihrem verfrühten Aufbruch beantworten musste.

Blieb nur die Flucht durch die Küche.

Kurz darauf trat sie durch die Hintertür ins Freie. Es war kalt und es hatte wieder zu schneien begonnen. Automatisch presste sie ihren dicken Wollschal fester an ihren Hals. Sie lehnte sich gegen die Hauswand, schloss die Augen und hoffte, dass alles nur ein schlimmer Traum gewesen war.

Langsam öffnete sie ihre Augen wieder. Es war alles noch wie zuvor. Sie wusste noch immer nicht, wie sie mit David umgehen sollte, und es quälte sie die Frage, ob sie ihren besten Freund für immer verloren hatte. War sie am Ende womöglich noch schuld an seiner gescheiterten Beziehung? Würde David ihr das je verzeihen? Könnte sie sich selbst jemals verzeihen, seinem Glück im Wege gestanden zu haben? Sie hatte einfach alles falsch gemacht.

Gedankenverloren sah sie sich im großen Hinterhof um und kniff skeptisch die Augen zusammen. Wer hatte hier denn mitten im Winter Bettlaken aufgehängt? Nein. Das konnten keine Bettlaken sein. Die Stoffbahnen waren viel größer. Aneinandergereiht sahen sie beinahe aus wie eine große Leinwand.

Die Dunkelheit wurde plötzlich von hellem Licht durchbrochen. Leni konnte erkennen, dass ein Bild auf die Stoffbahnen projiziert wurde. Aber erst, als es langsam schärfer gestellt wurde, erkannte sie sich selbst. Ungläubig riss sie die Augen auf. Was ging denn hier vor?

Noch ein Bild von ihr. Ein drittes Bild von ihr. Suchend sah sie sich um. Weit und breit war keine Menschenseele zu sehen.

Ein greller Scheinwerfer leuchtete auf und blendete sie.

Schützend hielt sie die Hand vor ihre Augen. Erst, als der Lichtstrahl zu wandern begann, nahm sie ihre Hand wieder weg und folgte ihm. Das Licht erhellte eine Stelle rechts neben der Leinwand, wo zwei Männer in dicken Winterjacken mit ihren Gitarren standen. David und Leonard. Als die beiden zu spielen begannen, bekam Leni umgehend weiche Knie. Ausgerechnet dieser Song: »Bless the broken road«.

Es war ein wundervolles Lied. Ein Lied, das einen langen Weg beschrieb, den jemand ging, um die wahre Liebe zu finden. Doch Irrungen und Wirrungen lenkten ihn immer wieder von seinem Weg ab. Von dem Weg, der ihn zu guter Letzt direkt zu seiner Liebe führte und ihn erkennen ließ, dass er sie schon längst gefunden hatte. Dass ausgerechnet David dieses Lied für sie singen würde, ließ sie unvermittelt schluchzen, denn die Bedeutung war ihr mehr als bewusst.

Zerrissen von ihren Gefühlen blickte sie abwechselnd von David zur Leinwand und wieder zurück. Auf der Projektionsfläche flimmerten zahlreiche Schnappschüsse von ihnen vorbei, die sie noch nie in ihrem Leben gesehen hatte.

Sie hörte seine Stimme und die Bedeutung der Worte, die er für sie sang. Tränen rannen über ihr Gesicht. David machte ihr gerade eine wundervolle Liebeserklärung, wie sie es sich schöner nicht wünschen konnte. Sie hatte ihn schon so oft singen hören, doch noch nie hatte er für sie gesungen. Nur für sie. Und aus vollem Herzen. Sie erschauerte in diesem Bewusstsein. Dann blickte sie wieder zur Leinwand und schmunzelte über die Kinderbilder von ihr und David.

… wie sie Ferkel, die sie freigelassen hatten, wieder einfangen mussten.

… wie sie sich bei der Heuernte vom Wagen auf die Heuhaufen fallen ließen.

… wie sie als Kinder den Hang an der Blumenwiese herunterkullerten.

… wie sie bei Oma Hetti den Mehlsack umstießen und von ihr daraufhin wie Schneemänner dekoriert wurden.

… wie David Leni zur ersten Fahrt mit seinem Motorrad abholte.

… die beiden beim ersten Konzert ihrer Schülerband.

… Leni im Smoking, als sie und David ihren ersten Pokerabend veranstalteten.

… das erste Wettessen der beiden, bei dem David gewann. David gewann aber immer.

… wie sie am Lagerfeuer für ihre Freunde und ihre Familie Gitarre spielten und sangen.

Leni war derart vertieft in die Bilder und an die wunderschönen Erinnerungen, dass sie kurz zusammenzuckte, als sie bemerkte, dass David seinen Bruder allein im Scheinwerferlicht zurückließ und langsam auf sie zukam. Leonard hatte aufgehört zu spielen, einzig David zupfte noch die Melodie des Songs und sang davon, nach Hause zu kommen, in die Arme seiner Liebsten.

So sicher sein Gang und seine Stimme waren, so hoffend war sein Blick, den er ihr schenkte. Das letzte Bild der beiden, zeigte sie als Schnee-Engel mit ausgebreiteten Armen im Schnee nebeneinanderliegen.

»Erinnerungen sind wundervoll …«

»… und wir tragen sie für immer Herzen. Doch man darf die Zukunft nicht an sich vorbeiziehen lassen«, ergänzte Leni das Zitat von Marianne, das sie jedes Jahr an ihrem Geburtstag zu hören bekamen.

David griff nach Lenis kalten Händen. »Du hast mir so unendlich viele und wunderschöne Erinnerungen geschenkt, die ich niemals vergessen kann und will. Und doch reichen mir diese Erinnerungen noch lange nicht aus. Ich will mehr, Leni. Ich will dich. Du bist meine Zukunft.«

Er löste eine Hand und drehte seine Gitarre auf den Rücken. Dann kam er näher. So nahe, dass sie unter ihrem Tränenschleier zu ihm aufblicken musste. Sie sah in seine Augen, die erwartungsvoll leuchteten, und schluckte hart. Auch wenn sie sich schon einmal so nahe gekommen waren, war es nicht mit dem zu vergleichen, was in diesem Moment geschah. David war ihr bester Freund und sie kannte ihn besser als jeder andere. Wenn er ihr so etwas sagte, dann meinte er es auch aufrichtig.

Als er daraufhin jedoch ihr Haar verstrubbelte, lachte sie laut auf. Sie stellte sich auf ihre Zehenspitzen und neigte sich vertraut zu ihm, um ihn auf die Wange zu küssen.

Er legte den Kopf schief und drehte sich ihr zu. »Langsam solltest du wissen, dass das nicht mehr klappt.«

Leni schmunzelte verlegen, kam seiner stummen Aufforderung jedoch nach.

Kaum hatten ihre Lippen seine berührt, zog er sie so fest in seine Arme, dass kein Zweifel mehr daran bestand, dass er nicht vorhatte, sie je wieder loszulassen.

»Ich liebe dich, Leni. Von ganzem Herzen.«

Erst, als um sie herum Jubel ausbrach, bemerkte Leni, dass sie schon lange nicht mehr alleine waren. Die gesamte Geburtstagsgesellschaft hatte sich hinterm Haus eingefunden. Aber das war ihr egal, denn Davids Küsse schmeckten viel zu verführerisch, um sich von irgendetwas anderem ablenken zu lassen.

»War es das, was du dir vorgestellt hast, als du sagtest, du wünschst dir, dass jemand mal etwas Romantisches für dich macht?« Zärtlich strich er ihr eine Strähne aus dem Gesicht.

Sie war überrascht, dass er sich noch daran erinnerte, konnte jedoch nicht widerstehen, ihn zu foppen. »Es war doch gar kein Flashmob.«

Er grinste schelmisch, küsste sie zärtlich und flüsterte an ihre Lippen: »Den gibt's auch erst bei meinem Antrag.«

EPILOG

»Nun schaut euch den verliebten Gockel an. Kann einfach die Finger nicht von seinem Mädchen lassen.« Leonard stand hinter Vicky und hatte die Arme um seine Verlobte geschlungen.

David konnte es seinem Bruder nicht verübeln, dass er ihn aufzog. Er selbst hatte Leonard so genannt. *Verliebter Gockel.*

»Das habe ich wohl verdient«, gab er zu und küsste Leni daraufhin demonstrativ. Wobei er sich nicht vorstellen konnte, je genug von ihren Küssen zu bekommen. Bei dem Gedanken daran, wie viele Jahre er schon verschwendet hatte …

»Oliver hätte den Titel im Übrigen auch verdient«, fügte David hinzu und deutete zu seiner Schwester, die am Büfett stand und sich den verliebten Blicken ihres Freundes sicher sein durfte.

»Leni. David. Ihr seid gleich dran.« Lenis Vater winkte ihnen auffordernd zu. Seit Jahren half er schon beim organisatorischen Ablauf der Scheunenweihnacht auf dem Gutshof der Hofers.

»Wir kommen.« Leni winkte glücklich zurück.

Sie griff nach Davids Hand, um ihn mit sich zu ziehen, doch er blieb regungslos stehen. »Was ist?«

Er spitzte die Lippen und sah sie erwartungsvoll an. Amüsiert folgte sie seiner stummen Aufforderung und küsste ihn.

»Jetzt aber keine Ausreden mehr.«

Zufrieden folgte er ihr zur Bühne. Wie in jedem Jahr würden sie gemeinsam Lenis Lieblingsweihnachtslied performen: »All I want for christmas«. Und zum ersten Mal war ihm bewusst, dass das, was er sang, exakt der Wahrheit entsprach.

*

Leni stand am Rand der improvisierten Bühne und hängte sich ihre alte Westerngitarre um, während sie darauf wartete, dass der Weihnachtschor verstummte.

»Verdammt. Ich habe etwas vergessen.« David machte Anstalten zu gehen, doch Leni hielt ihn zurück.

»Du kannst doch jetzt nicht gehen. Wir sind gleich dran.«

»Ich bin sofort zurück, versprochen.« Er küsste sie rasch und eilte davon.

Prima. Er hatte sie tatsächlich stehen gelassen. Noch dazu, wo sie gerade von Luis, dem Bandleader, angekündigt wurden. Zum Glück hatte Leni kein Lampenfieber. Sie würde eben wohl oder übel alleine singen, bis David zurück war.

Als sie mit einem Applaus begrüßt wurde, nickte sie in die Runde und strich über die Saiten ihrer Gitarre. Sie liebte es, die Akkorde dieses Liedes anzuspielen. Seit so vielen Jahren sang sie es gemeinsam mit David, es war schon Tradition. Doch in diesem Jahr hatte es zum ersten Mal auch eine ganz besondere Bedeutung für sie. Es gab tatsächlich nichts, was sie sich sehnlicher wünschte, als mit David den Rest ihres Lebens zu verbringen.

Moment. Weshalb wurde das Licht plötzlich gedimmt?

Irritiert sang sie weiter, als plötzlich ein E-Gitarren-Solo zu hören war und alle Anwesenden in ihren Bewegungen verharrten. Sie schmunzelte, weil Oliver sich genau in diesem Augenblick zu Ellen beugte, um sie zu küssen, aber wenige Zentimeter von ihren Lippen entfernt verharren musste. Der Arme.

Aber was hatte es nun eigentlich mit diesem Spektakel auf sich? Lenis Blick glitt zur Bühne, doch der Solist war kein Mitglied der Band.

Als das improvisierte Solo endete und die Zuschauermenge sich teilte, ging das Scheinwerferlicht an und sie entdeckte David, der erneut das Intro des Songs spielte. Sie lächelte glücklich, als er zu singen begann und alle wissen ließ, dass er zu Weihnachten nur einen einzigen Wunsch hatte.

Doch nicht er beendete die Songzeile, das Publikum deutete plötzlich auf sie: »*You!*«.

Leni ließ überrascht die Arme sinken, da David in Begleitung der Band, des Kinderchors und des Publikums weitersang. Alle bewegten sich zur Musik und schnippten mit den Fingern im Takt dazu, während Katja und noch ein paar weitere Frauen aus der Tanzgruppe eine Choreografie dazu tanzten.

War es tatsächlich möglich, dass David sie erneut überraschte? Sie schmunzelte. Er war verrückt. Sie schmunzelte exakt so lange, bis ihr bewusst wurde, was gerade vor ihrer Nase geschah. Verflucht, das ist ein Flashmob, schoss es Leni durch den Kopf. Er wird doch nicht …?

David grinste vielsagend. Er deutete bei einer Liedzeile

auf den Mistelzweig in der Mitte des Saales und zwinkerte ihr zu. Zwischendurch war immer wieder der untypische E-Gitarren-Sound zu hören. Leni kniff die Augen zusammen, um zu sehen, mit wessen Instrument David spielte, als ihr der Auszug eines Gesprächs mit ihm wieder bewusst wurde.

»… Ein Flashmob als Heiratsantrag, das ist schon klasse. Wobei ich auf einen Ring verzichten würde. Wenn mich der Kerl wirklich liebt, schenkt er mir besser eine ›Fender Strat‹.«

David kam näher und sie erkannte eine weiße »Fender Strat«, auf der in geschwungener Schrift »Forever« und ihre beiden Initialen standen.

Leni war zutiefst berührt. Tränen brannten in ihren Augen. Doch sie lächelte sie weg und stimmte in das Lied mit ein. Als David dann vor ihr stand, erkannte sie, wie angespannt er war und wie viel Erwartung und Liebe in seinem Blick lag.

Der Weihnachtschor und die Band wurden leiser, verstummten jedoch nicht.

Lenis Stimme zitterte. »Wir sind gerade mal drei Wochen zusammen. Überstürzt du das Ganze nicht?«

»Wir sind schon unser ganzes Leben zusammen. Niemand kennt mich besser als du. Ich möchte keine Zeit mehr verschwenden. Ich will nicht länger zögern und ich will nicht länger warten. Du gehörst zu mir.«

Ellen kam auf sie zu und nahm Leni ihre Gitarre ab. Auch David zog den Gurt über den Kopf und kniete sich vor sie, während der Chor weiterhin den Refrain der Melodie sang.

»Ich liebe dich, Leni. Du bist meine engste Vertraute, meine Seelenverwandte und die Liebe meines Lebens. Ich kann ohne dich nicht singen. Ich kann ohne dich nicht atmen. Ich kann ohne dich nicht leben. Bitte werde meine Frau.«

Leni hatte den Kampf gegen die Tränen verloren. »Bekomme ich dann wirklich die ›Fender‹? David, die muss ein Vermögen gekostet haben. Du kannst doch nicht …«

Er lachte. »Ja. Du würdest die ›Fender‹ kriegen, müsstest allerdings die nächsten Jahre auf einen gemeinsamen Urlaub verzichten. Und vermutlich müssen wir auch noch ein paar Jahre auf unsere Hochzeit sparen. Aber als Entschädigung würdest du mich obendrauf bekommen.«

»Ich bekomme euch also beide?«

Er nickte.

Leni reichte die wunderschöne E-Gitarre an Ellen weiter und beugte sich zu David. »Ich wäre schön blöd, wenn ich zu so einem tollen Angebot nicht Ja sagen würde.«

In der alten Scheune brach Jubel aus, als Leni laut »Ja« rief und überglücklich in Davids Arme sank. Sie legte ihre Hände auf sein Herz.

»Ich liebe dich.«

DANKESCHÖN

Am Ende dieses Abenteuers bleibt mir nur, »Danke« zu sagen. Ich wurde auf meinem Weg bis zur Veröffentlichung von »Freunde Küsse Liebeszauber« von großartigen Menschen unterstützt, ohne die diese Geschichte womöglich weiterhin in einer meiner Schubladen schlummern würde …

Herzlichen Dank an meine wunderbare Lektorin, Dorothea Kenneweg, für die großartige Zusammenarbeit, ihre motivierenden Worte und ihre hilfreichen Ratschläge.

Vielen Dank an Torsten Sohrmann von Buchgewand, für das wunderschöne Cover.

Lieben Dank an meine *Familie & Freunde*. Allen voran meiner Schwester, für ihre Geduld und ihre Unterstützung.

Ihr seid meine Motivation, liebe Leserinnen und Leser. Ich bin so dankbar, dass ihr euch für meine Geschichten interessiert und wir immer wieder für eine kurze Zeit gemeinsam dem Alltag entfliehen dürfen. Ich wünsche mir von ganzem Herzen: Bleibt weiterhin hoffnungslos romantisch.

Vielen lieben Dank. Love, Finny!

MEHR VON FINNY LUDWIG

Wenn du mehr von mir, meinen Büchern und meinen neuesten Projekten erfahren möchtest, lade ich dich herzlich ein, mich auf meiner Website zu besuchen: **www.finny-ludwig.de.**

Melde dich auf der Website für meinen **Newsletter** an und verpasse zukünftig keine Neuigkeiten mehr von mir.

Du möchtest mir schreiben? Du hast Fragen an mich? Du erreichst mich unter **info@finny-ludwig.de**

Alle aktuellen News findest du auch hier …
Facebook: Finny Ludwig Autorin
Instagram: @FinnyLudwig
Lovelybooks: Finny Ludwig

Dir hat die Geschichte von Leni & David gefallen? Dann würde ich mich sehr freuen, wenn du mir eine Bewertung schenken würdest.

.

ROMANE VON FINNY LUDWIG

Kekse Küsse Mühlenzauber (Sweet Kiss 1)
ISBN: 978-3-75042-346-6

Freunde Küsse Liebeszauber (Sweet Kiss 2)
ISBN: 978-3-75260-550-1

Baustelle: Liebe! Ein Tor auf Umwegen
ISBN: 978-3-74948-255-9

Single Hike – Ein Hinterwäldler zum Küssen
ISBN: 978-3-75197-866-8

Heartwell Tales – Deal oder Liebe
ISBN: 978-3-75340-501-8

Heartwell Tales – Rache oder Liebe
ISBN: 978-3-75347-259-1

All for Love – Lisa & Sam
ISBN: 978-3-75433-919-0